사람이 좋다

사람이 좋다

초판 1쇄 인쇄일_2015년 7월 06일
초판 1쇄 발행일_2015년 7월 16일

글·그림_장미연
펴낸이_최길주

펴낸곳_도서출판 BG북갤러리
등록일자_2003년 11월 5일(제318-2003-00130호)
주소_서울시 영등포구 국회대로 72길 6 아크로폴리스 406호
전화_02)761-7005(代) | 팩스_02)761-7995
홈페이지_http://www.bookgallery.co.kr
E-mail_cgjpower@hanmail.net

ⓒ 장미연, 2015

ISBN 978-89-6495-082-1 03810

이 도서의 국립중앙도서관 출판시도서목록(CIP)은 e-CIP홈페이지
(http://www.nl.go.kr/ecip)와 국가자료공동목록시스템(http://www.nl.go.kr/kolisnet)에서
이용하실 수 있습니다.(CIP제어번호 : CIP2015017880)

'아름다운 인연' 시리즈 1

사람이 좋다

글 · 그림 장미연

BG 북갤러리

머리말

제 글과 함께할
독자 분들께 드리는 인사말

저는 태생이 남루하지도 천하지도 않으며, 그렇다고 대단하거나 위대한 사람도 아닙니다.

여러분과 똑같이 숨쉬고, 똑같은 시공간 속에서 살고 있습니다.

그저 평범한, 그렇지만 대범한 올해 서른일곱의 장미연(張美緣)이라는 이름을 가진, 고(故) 장봉춘(張逢春) 존함을 가지신 아버지의 장녀일 뿐입니다.

이 책을 출간하기까지 존재를 내세우면 화합하지 못한다고 끌어내리고, 끌로 긁히고, 주체로 서려하면 잘난 척한다고 사포로 문지름을 당하는 군중으로부터 쉽지 않은 삶을 살아 왔습니다(작가 이택화 님의 글 인용).

저는 신도 아니고 천사도 아닌데, 하나님께서는 저를 항상 바른 길로 인도하여 주었습니다.

조금만, 아주 조금만 타인에게 나쁜 맘만 먹어도 벌하시는 하나님이시기에 쉽게 미움의 방에 사람을 둘 수도 없었습니다.

　　항상 미움이란, 용서에게 방 한 칸만 내주면 되는 것이기에 미워하지 않으려 애쓰고, 용서하려 노력했고, 실제 용서도 했었습니다.
　　그렇지만 이 미움의 방은 야속하게도 자꾸 한 사람을 용서하면 또 다른 사람이 들어와 버립니다.

　　이 미움의 방이 너무 꽉차버려 혼자 이겨내기가 버거워 결국 저는 겹침과 어울림을 포기할까도 생각했습니다.
　　사람이 너무 좋고 새로운 사람과의 겹침과 어울림이 좋아 어떤 일이든 업종에 상관없이 최선을 다해 열심히 달려왔는데 미움의 방에 턱없이 무너지는 제 자신을 발견하는 순간, 저를 내려놓을 때가 된 것인가 했습니다.

　　이택화 작가님은 "예술의 혼령은 사람들의 마음에 꽃등을 달게 한다" 하셨습니다.
　　'독자들의 마음에 꽃등을 달아 준다면 얼마나 따뜻할까' 하는 마음에 2015년 2월 출간을 결심하게 되었습니다.

세상에서 가장 존경하고 살아생전 한 번도 사랑한다는 말 한 마디하지 못한 고(故) 장봉춘(張逢春) 아빠를 위해서라도 저는 죽어라 인내하고, 견디고, 일어서야 했습니다.

이 책은 앞전 제가 스무 살 무렵부터 써온 문집이라 보시면 됩니다. 문장력도 부족하고 볼품없는 글 솜씨라 부끄럽지만 앞으로 죽을 때까지 펜을 놓지 않을 것이기에 독자 여러분과 가볍게 소통하고 싶습니다.

제 삶의 궁극적인 목표는 더불어 사는 세상입니다. 저는 저만 혼자 행복한 것이 싫습니다. 제가 만나는 모든 분들이 행복했으면 좋겠고, 그 행복을 함께하면 더 바랄 것이 없습니다.

앞으로 제가 어떻게 제 삶을 풀어내며 어떤 울림을 울리는지 독자 여러분이 함께해 주셨으면 합니다. 독자 여러분께서도 제 글들이 가벼운 마음으로 써내려가는 마음의 문이 아니기에 재미삼아 시간 때우는 마음으로 제 마음의 문을 대하지 않기를 당부드립니다.

이번 책에 실린 글들은 고등학교를 졸업하고 써왔던 제 생각들입니다.

그래서 아직은 많이 부족하지만 예쁘고 차분한 마음을 담아 써내려갈 제 마음이니 독자 여러분도 따뜻한 마음으로 봐주셨으면 하고 소망합니다.

끝으로 귀중한 시간 내주어 제 인사말까지 읽어 주신 것에 감사드립니다.

'행복해서 웃는 게 아니고 웃어서 행복한 것'이라고 했습니다. 독자 여러분과 함께 웃어서 행복한 '내가' 아닌 '우리가' 되었으면 합니다.

2015년 2월 26일
광역버스 안에서 장미연 쓰다.

차례

제7부 따뜻하고 달콤한 글귀

제10부

삶을 풀어가다

2015년의 나날들

만남은 겹침과 어울림이다.

— 이택화 작가님의 글에서 인용

제 나이 올해 서른일곱. 정말 수없이 많은 인연들로 겹침을 하며 어울렸습니다.

겹침과 어울림 속에 머릿속이 유난히 부산히도 움직입니다.

그저 지나가는 시간이 아닌 삶의 귀중한 인연들과의 만남 속에서 저는 매일 수채화를 그렸습니다.

바르게 살고자 애쓰고, 거짓말하지 않고 예의바르게, 경우에 어긋나지 않게 정도를 그리려 애쓰는 제게 삶은 많은 숙제를 던져

왔습니다. 너무나 많은 질문들로 나를 고되게 억누르기도 하였고, 때론 폭발이 두려울 정도로 아름답게 채색된 수채화에서 추상화로 변질되게도 하였습니다.

삶은 그렇습니다.

사람들은 간혹 '누구 때문인 거야' 하고 내 탓이 아닌 남의 탓으로 돌릴 때가 있습니다. 누군가의 삶이 아닌 자신의 삶을 들여다보고 직시할 때 과연 제대로 자신의 삶의 가치와 무게를 판단할 사람이 얼마나 있을까요. 내 삶의 수많은 숙제와 깨달음에서 가장 중요한 요점은 다른 누구 때문이 아닌, 다 나 때문입니다. 이 깨우침을 알면 삶은 윤택해지고 평화로워지겠지요.

이런 깨달음을 아는 저는 홀로 딛고 위태위태하게 간신히 서있으며, 돌아가신 아빠의 환영만 잡고 있었습니다.

이 환영이 나를 놓을 때, 아니 가슴속에 간직한 아름답고 영롱하게 채색된 추억을 놓을 때 나는 벗어날 수 있을 것입니다.

항상 다른 누군가와 겹침과 어울림을 할 때, 앞으로 죽기 전까지 이루어질 수채화 속에 저는 어떤 배경과 어떤 색채를 선택하게 될까요?

항상 밝은 채색을 선택한다면 수채화의 채도가 너무 밝기만 하겠지만, 내가 그려가는 수채화는 세상의 모든 색감을 다 담아 내고 싶습니다.

학력, 돈, 나이 등등 어떤 형식과 배경에 얽매이지 않고 다른 어떤 색도 섞이지 않은 순수한 채도로 모든 이들을 마주하고 싶습니다.

서로가 서로에게 그려줄 수채화가 결국은 풍경화가 되겠지요. 그 속에서 내가 아닌 우리가 되길 소망해봅니다.

(2015년 3월 2일 늦은 새벽)

존재를 내세우면 화합하지 못한다고 끌어내리고, 끌로 긁히고, 주체로 서려하면 잘난 척한다고 사포로 문지름을 당하는 군중으로서의 삶이 나는 쉽지 않다.

— 이택화 작가의 글 발췌

이 문장 속에는 많은 말이 내포되어 있습니다. 제 삶을 대변하는 글귀이기도 합니다.

사회생활은 절대 쉽지 않습니다. 어디서부터 풀어가야 할지 먹먹해지는 가슴이 다가서지 못함은 아마도 마음을 많이 다쳤기 때문이 아닐까 합니다.

어느 것이 위고, 어느 것이 아래이며, 어떤 것이 옳고, 그른지 판단하는 주체는 누구일까요?

항상 의구심에 휩싸입니다.

사회생활의 가장 기본은 무엇일까요? 감히 제 경험을 얘기하자면 첫 번째는 근태입니다.

일을 잘하든 못하든 일단 출근 시간을 가장 먼저 준수하는 게 1순위라 생각합니다. 일이란 일반적으로 아무리 열심히 하고 먼저 입사해 그 일을 배웠다 하더라도 사람마다 편차가 있겠지만, 보통 6개월 정도 지나면 비슷비슷해지는 것 같습니다.

그 사람의 가치를 판단할 때 어떤 기준으로 평가할 수 있을까요? 사람이 사람을 평가한다는 것은 저로서는 이해할 수 없습니다. 제 기준은 그렇습니다. 아무리 위엄 있고, 높고, 훌륭한 사람일지라도 결국에 인간의 본질에 맞춰볼 때 우리는 다 같은 인간입니다. 해서 제게는 똑같은 저와 같은 시공간에서 똑같이 숨 쉬는 사람일 뿐입니다.

인간의 존엄성을 감히 논할 수 있을까요? 어떤 이가 바르게 산 사람이고, 어떤 이가 그르게 산 사람일까요? 수십조를 갖고 있다 하면 그 사람이 바르게 산 사람이고 위엄 있는 사람일까요? 길에 떨어진 휴지 또는 박스를 줍는 사람이 하루 1,000원을 겨우 벌어 컵라면 하나로 생계를 이어가더라도 자신의 일을 소신 있게 다하고 있다면 어느 쪽이 위엄이 있다 논할 수 있을까요? 전 후자라고 생각합니다.

직업에는 귀천이 없습니다.

어떤 일을 어떻게 시작해서 어떤 과정을 밟고 어떤 결과를 얻을 지라도 시작보다 과정이 중요하듯 과정이 중요하면 결과 또한 당연히 중요하며, 그 결실은 빛을 발할 것이 당연하기 때문입니다. 단, 모든 일에 있어 자신의 일에 대한 가치가 가장 중요하다 생각합니다.

남이 해서, 남이 돈을 잘 벌어서, 혹은 너도 하니까 나도 해야지, 이런 가치관만 아니라면 자신이 하고자 하는 일을 찾고, 그 일에 있어 목표를 세우고 도전하고 노력한다면 그리고 더 큰 내가되고자 한다면, 그 일에 큰 열정으로 미칠 수 있다면 어떤 과정을 겪더라도 자신의 가치는 스스로 찾아 큰 성취감과 열망으로 자신에게 돌아옵니다. 이는 제 경험을 서술한 것입니다.

　제 과거를 회상해 봅니다. 끝없이 펼쳐졌던 광활한 대지위에 너무 과장된 표현 같아 부끄럽지만 적당한 마음을 표현할 문체가 없기에 불편한 마음을 접으며 써내려가렵니다. 파란만장까지는 아니지만 저는 제 삶에 있어서 몇 번의 획을 그으며, 성공이라 표현하기는 이르지만 일과 삶에 있어 정점을 찍었었습니다. 이는 과거형이니 지금은 진행 중임을 알려드립니다.

　저는 어쩜 태어나서는 안 될 아이였는지도 모릅니다. 이는 생명의 존엄성에 대해 논하는 것이 아니며, 세상에 필요하지 않은 사람은 없다는 걸 알지만 제 경우에는 좀 다르다 생각됩니다.

　좀 더 자세히 서술하자면 책 열 권으로도 부족하지만 최소한 간결하게 표현해 보도록 하겠습니다.

　저는 지금의 경기도 일산신도시가 형성되기 이전에부터 경기도 고양시 일산구 산황동 480번지에서 태어났습니다. 그냥 말 그대로 산골 시골입니다. 봄에는 진달래, 개나리, 냉이 냄새가 번지고, 여름엔 온통 초록빛 향연이 펼쳐져 녹음이 우거지고, 가을엔 코

스모스, 잠자리 떼와 단풍이 물들고, 겨울엔 온통 새하얗게 설경이 끝없이 펼쳐지는 동화같이 아름다운 예쁜 산골이나 섬 같은 시골에서 따뜻한 햇살과 자연과 모든 만물의 형상과 함께 친구하며 자라왔습니다.

이 아름다운 자연의 텃밭에서 자랐기에 제 마음이 아직도 그곳에 머물고 있는지도 모릅니다. 너무도 보고 싶고 그리운 우리 집, 아니 예전의 아빠집을 지금은 가고 싶어도 갈 수는 있지만 들여다 볼 수 없는, 그 집 문 앞을 들어서는 순간, 가택 침입이 되기에 들어서기에 용기가 필요한 집, 그 용기와 인내를 저는 지금 만들어 가고 있습니다. 그 실력과 능력과 역량을 키워가고 있습니다.

의아해하시는 게 맞습니다. 도대체 왜? 무슨 사연일까……. 좀 더 시간이 흐르고 마음을 다잡고 다음 편에 얘기하겠습니다. 아직은 자신이 없습니다. 아니 분명 용기가 나서 여기까지 써내려온 건데 막상 얘기하려니 생각이 더 깊어지고 신중해집니다. 과연 이것을 얘기하는 것이 옳은 것인지에 제 자신에게 더 많은 질문들과 해답을 얻고자 시간을 갖는 게 맞겠다는 생각이 밀려옵니다.

제 이야기를 풀어내려면 유년시절부터 풀어가야 합니다.

오늘은 독자 여러분과 제게는 두 번째 만나는 날이기에 간략하게 소개 정도만 하고 마무리하는 게 맞는 거 같습니다.

차츰 사포로 문지름 당한 아픔까지 이야기할 수 있는 그날들을 생각하며 오늘은 여기서 펜을 내려놓겠습니다.

(2015년 3월 3일 이른 새벽 6:57)

누구에게나 자신이 씨름해야 하는, 스스로 설정해놓은 한계가 세 가지 있다.

미루는 것과 남을 탓하는 것과 변명하는 것, 세 가지가 있습니다. 일단, 미루기 시작하면 쌓이고 쌓이기 때문에 위험합니다. 사소하게 몇 번이고 미뤄도 대단치 않아 보이고 또 소홀히 해도 그렇게 나쁜 것처럼 보이지 않습니다. 그러나 쌓이면 재앙을 맞게 됩니다. 그리고 우리는 때때로 무언가에 대해 남을 탓하고 변명합니다. 자기 책임이라는 사실을 피하기 위해 사람들은 엄청난 거리를 돌아서 가는 길을 선택합니다. 우리는 1년 후, 2년 후를 위해서 지금 스스로 설정한 한계들을 제거해야 합니다. 지금 갖가지 변명들로 제거하지 않으면 나이 먹은 것 말고는 변한 게 없을 겁니다.

스스로 책임지고, 지금의 한계를 제거하고, 보다 나은 세상을 맞이할 것입니다. 지금 무언가가 충분치 않다면, 지금의 재능을 모두 끄집어내면 모든 것을 바꿀 수 있습니다.

— 박창조 ㈜석세스티브이 대표님의 말씀 중에서

자신이 해야 할 일을 미룬다는 것은 삶을 미룬다는 것입니다 삶을 뒤로하고 무엇을 우선시하는지도 모르면서 다른 무언가 익숙함에 묻혀 그냥 질주만 하는 것이 대부분입니다. 아무런 목표도 없이 하루하루 자신의 삶에 묻혀 그 시간 속을 달리는 것일 뿐입니다.

삶의 목표가 없다는 것은 일말의 가치도 없는 무미건조한 삶 자체인 것입니다. 사람이 살아가는 데 있어 목적의식도 없이 그냥 하루하루를 마지못해 연명하는 것밖에는 되지 않는 존재의 이유인 것입니다.

(2015년 3월)

누군가 이런 얘기를 했다. 삶은 새로운 것을 받아들일 때에만 발견한다. 삶은 신선해야 한다.

삶의 신선함이란 어떤 것일까요. 새로운 것에 대한 도전입니다. 도전을 두려워한다면 인간은 도태되고야 맙니다.

도태되지 않으려면 끝없이 담금질해야 하고, 진취적인 삶이 바탕이 되어야 하며, 지식의 척도가 없듯 끝없이 배우고 깨달음을 반복해야 합니다.

(2015년 3월 9일 새벽 3:45)

아는 자가 아닌 배우는 자가 되어라.

아는 자는 가진 것이 많다는 것입니다. 무엇인가를 안다는 것은 그 사람의 삶의 지혜로 이어지기 마련입니다.

보통 아는 자들의 경우 말하는 것보다는 귀동냥을 생활화합니다. 말하는 것보다는 말을 아끼고 경청을 하며 그리고 그 귀동냥을 통해 생각하고 자신의 삶에 반영하기 위해 좋은 것만을 골라내, 어떤 방식이든 자신의 삶에 생활화하기 위해 더 바쁘게 움직이고 타인의 말에 귀 기울입니다.

(2015년 3월 9일 새벽 4:00)

좋은 습관도 때가 있습니다.

때를 놓치면 하기 싫게 되고, 그것이 반복되면 나중에 고치기 어려운 나쁜 습관이 되고 맙니다.

좋은 습관은 사람을 바로 잡아줍니다. 사람을 반듯하게 키워주고 내 마음의 양식까지 풍요롭게 해주며, 굳이 지식을 말하려 하지 않아도 두 눈 속에, 따듯한 가슴속에 깨우침을 동반해줍니다. 습관이 인격입니다.

(2015년 3월 19일 새벽 3:38)

넘칠 때는 모릅니다.

건강할 때는 자칫 잊고 삽니다.

모자랄 때, 아플 때 비로소 다른 사람의 도움 없이는 한 걸음도 뗄 수 없다는 것을 절실히 알게 됩니다.

함께 살아야 한다는 말은 서로 돕고 살라는 뜻입니다.

서로가 서로에게 어떤 도움을 줄지, 어떤 도움을 받게 될지는 알지 못하지만 어르신들께서는 아무리 힘들고 마음이 아파도 적을 두지 말라는 얘기를 많이 하십니다. 이는 적도 언젠가는 우연치 않게 어울리며 함께 살아가야 할 우리가 될 수 있기 때문입니다.

함께 어울리고, 채워주고, 나누고, 위로하면서 아름답게 살자는 작은 외침들이 모여 꿈이 아닌 현실이 될 날들이 머지않았습니다. 그렇게 생각해 볼수록 세상엔 예쁜 사랑들이 여기저기 피어나고 마르지 않는 향기가 온몸을 휘감고 있는 듯합니다.

(2015년 3월)

꿈꾸는 자의 그 꿈은 이미 현실이다.

지난 2002년 월드컵 때를 회상해 보십시오. '꿈은 이루어진다'는 슬로건을 TV에서 보며 우리는 전율을 느꼈던 적이 있었습니다.

우리가 이때 단지 꿈을 꾸었던 것일까요?

아닙니다. 붉은 악마를 포함한 5,000만 국민이 목표를 세우고 그 목표에 맞게 선수들과 국민이 온 마음과 정성을 다해 함께했기 때문입니다. 그때 우리는 그 목표에 도달하기 위해 열정을 갖고 서로 열심히 도왔으며, 열과 성의를 다해 꿈을 이룩했습니다.

　꿈을 꾼다는 것만으로도 가슴이 따뜻한 사람이라면 반드시 어떤 일에 있어 성공할 수 있다고 봅니다. 꿈을 꾸는 자만이 그것이 목표가 되고, 그 목표가 현실이 되는 것입니다.

(2015년 3월 10일 새벽 4:06)

세상을 산다는 것은 이해하는 것이 아니라 적응하는 것이잖아요.

— 와세대대학교 오사마 교수의 말

　오사마 교수는 "세상의 변화를 읽었다면 차라리 주도하는 것이 낫지 않을까요?"라고 하셨습니다.

　세상의 변화는 무서운 속도로 세분화되며, 인간의 통제가 아닌 슈퍼 네트워크화되어 가고 있습니다.

　빌게이츠가 예언했듯 인간이 할 수 있는 일은 점차 줄어가고 모든 것이 산업화되면서 천편일률적으로 스마트화, 즉 다시 말해 '내 손 안에 세상' CF 속의 CM처럼 스마트한 세상, 네트워크화된 세상이 되어버린 것입니다.

생각해 봅시다. 우리가 꿈꾸는 세상에 대해, 앞으로 다가올 미래의 세상에 대해서 말입니다. 얼마 전 세미나를 통해서 저는 그래핀(Graphene)이라는 신소재를 알게 되었습니다. 이미 우리나라에서 세계 최초로 개발되었으며, 특허 신청까지 마친 상태라고 합니다. 삼성에서는 발 빠르게 이것을 산업화할 목적으로 미디어 매체를 통해 미리 선보이고 있으며, 이는 이미 뉴스에서도 보도된 바가 있습니다.

여기서 독자 여러분들은 무엇을 느끼셨나요?

세상을 이해하며 그냥 따라 가기만 해야 할까요?

급변하고 글로벌화되고 있는 세계에 그냥 자로 맞춘 듯 커다란 우주 속에 포함되고 또 지구에 떨어지는 운석처럼 미디어 매체를 통해 그냥 눈으로 보고 이해만 해야 할까요?

그것보다는 차라리 세상을 변화시키고 주도해 보는 것이 어떨까요?

변화를 두려워하고 망설이면 어떠한 깨달음도, 달콤함도, 따뜻함도, 씁쓸함도 얻지 못합니다.

실패를 두려워하는 사람은 성공할 수도 없고, 실패가 없다면 딛고 일어서는 용기 또한 얻지 못한다고 생각합니다. 항상 어떤 일에서든 말보다는 행동이 앞서야 합니다. 말로만 하는 이는 실없는 사람, 즉 허언증 걸린 사람 취급을 받게 됩니다.

이는 얼마 전 이전에 회사를 다니면서 깨닫게 된 제 삶의 경험입니다. 그래서 저는 다시 굳게 마음먹고 제 개인의 업무에 몰두하게 되었습니다. 이해가 아닌 적응을 하려고 노력하고, 앞만 보며 하나하나 목표를 향해 천천히 한 가지씩 이루어내려고 달려가고 있습니다.

제가 어떤 목표와 어떤 목적의식이 있는지는 앞으로 계속 나오게 되는 책을 통해 하나 하나 풀어 가게 될 것입니다.

(2015년 3월 10일 새벽 4:31)

아는 자가 되지 말고 언제까지나 배우는 자가 되어라. 마음의 문을 닫지 말고 항상 열어 두도록 하여라.

— 라즈 니쉬

알아간다는 것, 배운다는 것의 척도는 감히 논할 수도, 가늠할 수도 없는 것입니다. 배움에 있어 나이, 학력 등 그 어떤 것도 필요 없습니다. 하다못해 갓 태어난 신생아에게서도 배움이 있습니다. 배고프면 울고, 기분 좋으면 방실방실 옹알옹알 하는 아이 본능의 태도에 대한 솔직함을 배울 수 있듯이, 사람이 태어나 배움에 있어서는 어떠한 배경도, 능력도 필요 밖의 일이 되는 것입니다. 때문에 항상 그 분야의 최고일지라도 사람은 항상 자세를 낮추고 겸손할 줄 알아야 하며, 알아도 모르는 척 더 배우고 익히려는 배움의 자세를 생활화해 해야 하며, 마음의 문과 배움의 문을 동시에 열어 두어야 하는 것입니다.

(2015년 3월 17일 새벽 3:00)

우리가 무엇인가를 하고 싶다는 것은 우리에게 그 일을 할 능력이 있다는 뜻이다.

― 라차드 바크

무언가를 하고 싶다는 것이 얼마나 행복한 것인지, 얼마나 행복한 기분 충만한 일인지를 우리는 깨달아야 합니다.

　세상의 가장 크고 소중한 깨달음의 열정이라는 것을 간직하고 사는 이는 어떤 직업을 갖고 있든 간에 가장 뜻있는 사람이며, 행복한 사람일 것입니다. 이와 같이 사는 이는 항상 긍정 에너지가 넘쳐납니다. 게다가 늘 진취적인 사고와 자신의 자가발전을 위해서 투자 또한 아끼지 않습니다. 이들은 많은 이들과 함께 어울리며, 더 나은 사고의 역량을 키워가기 위해 노력합니다. 그리고 더 높은 꿈을 위해 목표를 잡고, 그 목표를 위해 한 발, 한 발 더 다가섭니다.

　그 목표에 우리 모두가 함께 다가섬이 어떨까요?

(2015년 3월 17일 새벽 3:11)

아버지의 삶

정처 없이 흐르는 강물처럼, 거세게 몰아치는 바다의 파도처럼, 4,800만 국민의 마음을 멍들게 하고, 밤새 잠 못 자게 하고, 노란 리본 물결을 일으킨 침몰한 여객선처럼 당신의 삶은 거칠었습니다.

감히 상상도 하지 못할 정도로 당신의 삶의 무게가 얼마나 고되었는지는 당신이 곁

에 없고 나서야 깨닫게 되었음을 이제야 용서와 이해를 바랍니다.

차디찬 소주와 안주라고는 그저 얼음물 한 컵. 아무런 말없이 혼자 식탁에 앉아 들이키시던 당신의 입맛을, 아픔을, 느낌을 이제야 용서와 이해를 바랍니다.

그저 말없이 식탁에 앉아 식사시간에 유일하게 재잘재잘거리며 말을 하는 장녀의 모습에 말없이 웃음을 지어 주시고, 장녀의 아픔을 나눠가지시려 조언을 해주시던 당신의 깊은 속을, 끔찍이도 어여삐 아껴 주셨던 당신의 마음을 이제야 곱씹게 되는 이 불효녀는 이제야 용서와 이해를 바랍니다.

의부증이 심한 새엄마의 말도 안 되는 억지로 참 고생하셨습니다. 당신은 사람이 좋아 이사 온지 몇 년 되지도 않은 동네 지인이 돌아가셨다고 그 가족을 위해 돈이나 아무런 대가도 바라지 않고 선뜻 깻잎 농사짓는 땅을 내어주며 집을 짓고 살게 해주셨고, 집에 있는 쌀과 농작물도 가져가라 하셨습니다.

그랬던 당신이 이상형에도 못 미치고 그저 동네 친구이자 돌아가신 기복 오빠의 아내일 뿐인, 그리고 불쌍한 과부일 뿐인 한 여인과 바람이 났다는 오명과 누명을 쓰게 되었습니다. 그로 인해 당신은 윗마을 무당집에도 가보았고, 골방에 갇혀 혼자 술만 드셨고, 장녀가 퇴근을 하고 집에 돌아와야만 유일한 말벗을 만날 수 있었습니다.

　그렇게 외롭고 고통스러운 삶 속에서 당신은 답답한 가슴을 열어 보여주고 싶다고 말씀하셨고, 저는 당신의 억울함에 창피함을 무릎 쓰고 새벽녘에 그 여인의 집에 가서 삼자대면을 하자고 했습니다. 당신도 말없이 따라나서 주셨지요. 그런데 그 아주머니는 서럽게 울며 "너희 아빠가 어디가 부족해서 나 같은 사람과 정을 나누겠냐?"며 억울해 하셨습니다. 그렇게 펑펑 우시는 아주머니 앞에서 당신은 아무 말 없이 장녀가 쏟아내는 질문들을 묵묵히 지켜봐 주셨습니다. 그쪽 밭에 아빠의 신발 자국이 있었다는 새엄마의 말도 되지 않는 억측을 참아내며 당신은 한 달 내내 본채로 올라오지도 못했고, 장녀가 퇴근해 골방을 들여다보면 그때마다 말없이 천장만 바라보고 계셨습니다. 그렇게 계신 당신께 직장 잘 다녀왔다며 어디 편찮으신 곳은 없는지 물어보며 얘기 좀 나눌라치면 본채에서 새엄마는 소리치며 "장미연, 올라와!"라고 부녀간에 서로 말도 못 나누게 하였습니다. 그래서 또다시 혼자서 외로움과의 사투를 벌이고, 억울함에 분노를 넘어서 인생이 덧없음을 해탈하셨던 당신의 회한을, 당신의 표정을 생생히 저는 가슴속에 새기며 억장이 무너짐을 느꼈습니다. 그래서 용기 내어 당신을 변호해 드리기도 했지요.

"도대체 엄마는 자기 자신에게 그렇게 자신이 없나요? 아빠가 어디가 어떻고 무엇이 부족해서 다른 여자도 아니고 한동네에 살고 있고, 또 별로인 그 아줌마를 좋아하겠습니까?"

그런 심각한 의부증 속에서 헤어 나오지 못하며 요지부동인 아내에게 끝까지 참으며 같은 길을 가주신 당신. 모진 성격이 되지 못하고, 나중에 장녀가 결혼할 때 혹여나 책이나 잡히지 않을까 해서 마냥 참아주셨음을 익히 잘 알고 있는 당신의 장녀는 이제야 용서와 이해를 바랍니다.

제가 초등학교 5학년 때부터 동네에 과부가 생길 때마다 돌아가며 새엄마는 당신을 피 말리게 의심하고, 결국엔 장녀인 저를 식사동 고모 집에 가게 하였습니다.

그래서 결혼생활 정리하고 싶으면 아들 데리고 나가라 해도 새엄마는 절대 나가지 않으면서 "늙어만 봐라, 누구 좋으라고 나가냐?"고 맞받았습니다. 그래도 당신은 "너 고생한 거 안다. 재산 반줄 테니 네 아들 데리고 나가라"고 하셨고, 그 말에도 새엄마는 코웃음만 치셨죠. 이런 상황에서 힘없이 장녀만 바라봐야 했던, 무겁고 버거워했던 당신의 마음에 이제야 용서와 이해를 바랍니다.

옷장이 터져 나가라 사들이는 장녀의 멋 부림에도, 더 이상 넣을 공간이 없어 자동차 속에 싣고 다닐 정도로 많은 옷을 사들여도, 매일 매일 변하는 신발들을 보시고도 당신은 아무런 싫은 말씀 없이 흐뭇하게 장녀의 옷매무새를 바라봐 주셨습니다. 그러면서도 가끔은 그 옷은 아니라고 사랑의 말씀을 해 주셨지만, 단한 번도 장녀의 옷이나 신발, 액세서리에 대해 잔소리나 힐난의 말씀은 하지 않으셨습니다. 오직 사랑으로만 지켜봐 주시던 당신을 추억하는 불효녀는 이제야 용서와 이해를 바랍니다.

한창때 사회생활을 하시다가 불합리함을 참지 못하고, 일주일도 되지 않았지만 모두 내려놓고 멋지게 나오시던 당신의 강직하고 소신 있는 사회성을 존경하게 되는 이 불효녀는 이제야 용서와 이해를 바랍니다.

새벽이고 아침이고 장녀가 들어와야 잠을 청하셨던 당신. 항상 거실 소파에 앉아 늘 한결같이 기다려 주시고, 딸이 들어와야 그제야 잠을 청하시던 당신의 고된 기다림의 미학에 이제야 용서와 이해를 바랍니다.

열아홉 살 무렵 처음으로 어쩔 수 없는 상황에 밤 12시를 처음 넘긴 날, 뒤뜰 담을 넘어 몰래 들어갈 때 장녀를 기다리다 저를 발견하시고 과일 쟁반으로 팔을 때리며 "어떤 새끼랑 자빠져 자다 이제야 왔냐?"며 불호령을 치는 당신의 물음에 "아빠, 아빠가 나 그렇게 키우지 않으셨잖아요. 전 제 몸 소중히 하기 때문에 절대 내 몸 함부로 하지 않아요"라는 저의 대답 이후, 늦게 들어와도 기다려만 주셨던 당신의 장녀에 대한 믿음에 이제야 용서와 이해를 바랍니다.

당신은 술을 좋아하셔서도 헬스 등의 운동으로 자신의 건강을 지키셨고, 자기관리를 꾸준히 하셨습니다. 옷에 대한 관심도 높으셨고, 별도로 필요한 소지품 등을 장녀에게 사오라고 하셨죠. 그러다 디자인이 마음에 들지 않으면 몇 번이고 원하는 디자인을 말씀하시며 장녀에게 다시 사오게 하셨습니다. 당신의 그러한 멋스러움을 추억하기에 이제야 용서와 이해를 바랍니다.

항상 오전에 출근하기 전이나 퇴근시간이 되면 오늘은 목살이, 어떤 날은 생선이 잡숫고 싶다 하시며 장녀에게 장을 봐올 것을 부탁하셨습니다. 그리고 홈쇼핑을 즐겨보며 이것도 사 달라, 저것도 사 달라 밤이고 낮이고 전화하시던 당신의 설레는 목소리에 장녀는 기쁜 마음으로 그것들을 사다드렸고, 그러면 당신은 아주 행복해 하셨습니다. 그렇게 한 것들을 당신과 저 외엔 아무도 모를 줄 알았는데 당신이 돌아가시고 난 뒤 고양시 산황동에 사시는 고모를 통해 알게 되었습니다. "우리 미연이 손 커서 그런지 생선을 사오면 짝으로 사온다" 하며 크게 자랑하셨단 말씀을요. 그 얘기를 듣고 장녀를 밤새 울게 한 당신의 자랑 아닌 자랑에 가슴의 저림을 느껴 이제야 용서와 이해를 바랍니다.

돌아가신 후에야 사촌 고모인 명애 고모가 해주신 "우리 미연이 참 착하다"는 말에 의해 알게 된 사실입니다.

스무 살 무렵 어떤 치매 할머니가 집에 들어와 부엌에서 주무시고 계실 때 새벽녘에 놀라 당신이 할머니를 나무라는데 미연이가 나서서 "아빠, 할머니께 그러시는 거 아니야"라고 말하고 할머니의 팔짱을 끼며 모셔다 드렸다던 일입니다. 이 일을 작은댁 할아버지

생신에 가서서 당신은 다른 친지 분들께도 하셨다는 말을 들었습니다. 그 말에 장녀는 저를 땅 속 끝까지 끌어내리는 아픔과 당신 곁에 함께 하고 싶게 만들었으며, 장녀를 벼랑 끝까지 추락하고 싶은 충동을 느끼게 하셨습니다. 당신의 그러한 장녀 사랑, 장녀 자랑에 이제야 용서와 이해를 바랍니다.

스물일곱 살 때 장녀가 다니던 전화국을 당신은 그토록 좋아 하셨습니다. 그러다 친구들이 찾는 전화가 오면 "우리 미연이 우체국 갔다" 하시며 농담을 했고, 친구들은 그러한 당신의 자상한 목소리에 설레어하던 기억이 납니다. 그러다가도 유독 남자 친구들이 전화를 하면 "여기 미연이집 아니다"라며 강하게 부정하셨던 당신의 속 깊은 장녀에 대한 걱정에 저는 웃음을 지으며 이제야 용서와 이해를 바랍니다.

멀쩡히 다니던 전화국에서 처음으로 회사 과장님과 다툼을 하고 짐 다 싸들고 집에 와 자초지종 얘기를 하니 당신께서는 잘했다며 과장님 전화번호가 뭐냐고 물어보셨습니다. 그리고 바로 다음날, 전화로 제가 아닌 과장님을 나무라셨죠. 그리고 과장님께서 집으로 저를 찾는 전화를 했고, 그걸 흐뭇하게 바라보시며 너하고 싶은 대로 하라며 격려해 주셨던 저에 대한 당신의 지지에 이제야 용서와 이해를 바랍니다.

당신께서 그렇게 좋아하시던 회사를 그만두고 스물일곱 살 나던 해 10월경에 구몬학습 회사로 간다 하니 아무 말 없이 지켜만 봐주시다 직원교육 다 받고 소파에 앉아 아이들 학습문제 채점을 하고 있는 저를 물끄러미 바라보시며 말씀하셨습니다.

"뭘 알고 동그라미 치는 거냐? 아이들은 그 부모에게 소중한 거다. 네가 선택한 이 길이 아이들에게 누가 되지 않게 지금이라도 그만 두는 건 어떻겠냐?"

사회생활 이후 음으로 양으로 간섭하신 당신의 권유에 저는 그저 말없이 웃기만 했습니다. 시간이 지나 5월에 전국적으로 회원 모집 소개 캠페인이 있을 때 당신께선 집 건너 돌쇠네 집에 가서 자녀들에게 구몬학습을 시키라고 얘기하셔서 저를 한참 웃게 하셨습니다. 그러한 당신의 든든한 응원에 힘입어 정확히 1년하고 4개월 후에 저는 전국 구몬교사 1만 2천여 명 중에서 두 달 연속 1위를 하였습니다. 그리고 첫 달 서울 종각 본사에서 열린 시상식 겸 간담회에 가는 길에 12월 겨울 차디찬 대리석 바닥에 할머니들께서 구기자 등을 팔고 계셔서 국산이 맞는지 확인하고 그것을 죄다 사버리니 옆에 계신 다른 할머님들이 "젊은 사람이 이걸 왜다 사냐?"는 물음에 "추운데 그만 들어가세요"라고 말했습니다. 그랬더니 다른 할머니들이 우르르 몰려와 너도나도 서로 도와 달라 하여 이제 현금이 7만 원밖에 남지 않았으니 이 금액만큼만 달라 하여 더 샀습니다.

제가 들고 있는 가방은 명품(가품)인데 커다란 검정 비닐봉지를 들고 전국 10위 안에 드는 교사만 받는 시상식 겸 간담회에 참석하여 다른 교사들의 터무니없는 질문과 비판 등을 쏟아낼 때 저는 제일 마지막으로 발언권을 얻었습니다. 그리고 감격하여 약간 떨리는 어조로, 부끄럽지만 약간의 눈물도 보이며 "저는 제가 구몬교사라는 게 너무너무 자랑스러워요. 다음 달에 또 올께요"라고 짧게 한마디를 하고 마쳤습니다.

그리고 간담회를 마치고 롯데호텔에서 식사를 해야 하는데 아이들 수업 약속을 지키기 위해 회장님과 함께 식사도 하지 못하게 되었습니다. 그래서 저는 이곳에 오기 전 할머님들께 산 식품 중에 구기자 한 봉지를 들고 "회장님, 잠시만요" 하고 조용히 말씀드리며 커다란 검정 봉지 안에 구기자 딱 한 봉지를 선물로 드렸습니다. 그러면서 저는 "이건 구기자인데 국내산이에요" 하고 막무가내로 그냥 드리니, 회장님께서는 "이게 다 뭐냐?"고 물으셨습니다. 그래서 저는 "아! 그냥 할머님들이……" 하고 얼버무리자, 회장님께서는 얼마냐며 지갑을 열어 돈을 주려고 하셔서 선물이라고 말씀드리니 이따 밥 먹으면서 얘기하자 하셨는데 제가 수업 약속이 있어 밥도 먹지 못하고 돌아왔습니다.

이러한 일화를 얘기하며 집에 가서 사온 구기자와 밤 등을 한아름을 가져다 드리니 당신께서는 그냥 아무 말 없이 웃기만 하셨습니다. 그리고 제가 집을 나서려하니 보약 한 첩 먹게 용돈을 달라 하셔서 50만 원을 드리니, 그 보약은 비싸서 부족하니 더 달라 하시는 당신의 귀여운 투정에 100만 원을 현금으로 드리니 또 놀라셨습니다. "웬 현금을 이렇게 많이 들고 다니냐? 앞으론 그러지 말라" 하시며 겉으론 걱정을 하시면서도 흐뭇해하시던 당신의 표정을 기억하며 이제야 용서와 이해를 바랍니다.

"다음 달에 또 올게요" 하고 구몬학습 회장님께 말씀드리고, 저는 그 약속을 지키기 위해 더 열심히 일하였습니다. 경희대학교 교수님이신 건무어머님의 소개로 박선영어머님의 두 아들을 상담해 4과목씩 모두 여덟 과목을 입회하고, 또 민영이어머님의 소개로 배움의 끈을 놓지 않으시려는 할머님 회원까지 가입하게 되었습니다. 그리고 예전에 지역을 바꾸면서 그만뒀던 재훈이어머님의

연락으로 다시 상담을 해 조카까지 포함하여 1학년 예원이 6과목, 다섯 살 재훈이 6과목, 그리고 재훈이 동생까지 하게 되었습니다. 이분은 제 지역이 아니지만 지역을 제가 해야 구몬을 다시 하신다 하여 그 지역 김경수 지구장님의 허락을 받고 하게 되었습니다.

이밖에도 친구들의 부탁으로 어쩔 수 없이 시골에 사는 친구 아들을 해야 했고, 제가 해야만 학습지를 하겠다는 또 다른 언니 등 모두 제 지역은 아니었지만 해당 지구장님과 협의 하에 정신없이 일을 하였습니다. 그러다 보니 제가 상담을 한 사람들은 모두 구몬의 열렬한 지지자가 되고, 아직도 구몬학습을 지속하고 있습니다. 그러다 보니 회사 교육방침 대로 항상 학업진도 그래프를 들고 다니며 상담하였고, 맞벌이하는 가정의 어머님들께는 꼭 그 집 일반 전화로 전화를 드려 수업 보고를 하고, 교재가 밀리는 아이들은 데리고 다니거나 모두 풀 때까지 그 집에 한 시간이고 두 시간이고 있으면서 새벽에도, 또는 토요일, 일요일 등 물불 안 가리고 상담을 하는 열정을 불태웠습니다.

그리고 대성학원 수능평가교육 설명회를 일산 킨텍스에서 연다 하여 그 교육 설명회를 듣게 되었고, 설명회를 듣고 구몬과 완전히 일치한다는 판단 하에 저의 상담은 구몬과 수능을 접목하게 되었습니다. 6과목을 하는데 5분 정도밖에 걸리지 않는 저의 진도 결정과 교재별 포인트만 짚어 주고, 수업 시간에 아이들과 말없이 앞에서 3장만 풀리는 것이 아니라 교재마다 정리 부분만 짚어 주고, 계속 테스트를 해주고, 짧은 수업 시간에 대한 부연설명보다는 그날그날 모든 과목에 대한 수업으로 아이의 진도상담 결과 어머님들의 만족도는 늘어만 갔습니다. 그리고 처음에는 수업 시간이 짧아 놀라 쫓아오시기도 했지만 꾸준한 상담한 결과 이해를 하게 되었고, 아이들 성적은 향상되어 갔습니다.

제가 이렇게 열심히 했음은 수입으로 나타났습니다. 12월엔 부수입까지 포함하여 월 600만 원이 넘어 갔음을요. 제가 두 달에 한 번은 꼭 지구와 지국에서 톱을 하여 순금 한 돈을 받고, 그 금배지는 점점 쌓여만 갔습니다. 그리고 나중에는 본사에서 총 순금 10돈까지 받기도 했는데 이런 급여에 대한 부분과 1등을 계속하고 있었다는 자랑을 당신께 하지 못했습니다. 그래서 제가 얼마나 열심히 일을 했는지 모르시는 당신께, 이 사실을 알면 그 누구보다도 더 기뻐해 주시고 따뜻한 미소를 보내주셨을 당신께 미리 알려 드리지 못했음을 이제야 용서와 이해를 바랍니다.

전국에서 톱을 하고 12월 급여가 600여 만 원이 넘어가면서 아이들로 인해 번 돈이므로 아이들에게 모두 쓰자고 마음먹었습니다. 이는 모두 당신께서 하신 말씀, 많이 버는 만큼 베풀라는 가르침을 본받았기 때문입니다. 그래서 600여 만 원을 모두 아이들 선물을 사는 데 사용했습니다. 다른 교사들처럼 연필이나 지우개가 아닌, 초등학교 입학하는 예쁜 건무에게는 10만 원이 넘는 책가방을 사고, 유치원 졸업식에도 참석하였습니다. 그리고 교재 밀리지 않고 스티커를 모은 친구들에게는 선물 잔치를 열어 원격 자동차, 미니 화장대 등을. 과하다 생각되지만 제 손이 커 어쩔 수 없이 600만 원을 다 써버렸습니다.

그래도 저는 항상 지출 계획과 용돈 기입장을 쓰며 재정적으로 계획하고 사용하였습니다. 스무 살 때 잡지를 통해 알게 된, 카드는 한 가지만 사용해서 포인트를 쌓는 것이 이득이라 하여 현금이 아닌 한 가지 카드만 지속적으로 사용하며 소비하였는데, 구간 회비 등을 입금할 돈을 처음으로 계획하지 못한 적이 있었습니다. 그래서 이틀 후면 급여가 나오니 태어나 처음으로 당신께 돈을 빌리려고 했을 때, 엄마하고 얘기하라는 말씀에 새엄마에게 이틀 후에 급여가 나오니 돈을 좀 빌려 달라고 하니 듣는 시늉도 하지 않으셨어요. 장녀의 입에서 태어나 처음으로 그렇게 요청을 했는데도 무반응을 보여 저를 정말 힘들게 했습니다. 그래서 여기저기 다니며 융통을 해볼 요량이었는데 그게 쉽지 않았습니다. 근무하는 곳에 찾아가 얘기도 드려봤고, 울며불며 전화해도 요지부동이었습니다. 어른이 주시는 돈은 쉽게 받지 말라 하여 세뱃돈도 아빠에게 허락받고 받던 저였는데 이런 장녀에게 처음으로 이런 일이 있었습니다.

결국 새로 오신 이미정 지구장님에게 돈을 빌리게 되었습니다. 또한 돈 문제로 엄마와의 통화를 옆에서 들으시고 친구(정란이) 아버님께서 선뜻 카드를 주시며 현금서비스를 받아서 먼저 쓰라고 해주셨습니다. 돈 때문에 인심을 잃기 때문에 친구간이든, 동기간이든 돈거래는 물론 보증도 서지 말라는 당신의 가르침을 어겨버린 이때 일을, 그리고 이 일로 인해 구몬의 다른 교사들에게 오해를 사고 신임을 잃었다는 사실을 전혀 알지 못하시는 당신께 이제야 용서와 이해를 바랍니다.

십여 년 전 제주도가 홍수로 인해 귤 농사 등의 피해가 심하다는 뉴스보도를 접하였습니다. 회원 어머님 한 분 중 제주도가 고향인 분이 있어 작게나마 도움을 드리고자 그동안 구몬교사를 하면서 은혜를 입었던 어머님과 지역이 바뀌면서 보지 못하는 아이들 그리고 지인들께 귤을 130여 만 원어치(당시 귤 값이 1박스에 8천원)를 사서 보냈습니다. 그래서 이를 받은 어머님들로부터 고맙다는 감사의 전화를 수차례 받았습니다. 이 일을 당신께서 알면 그저 또 말없이 미소를 보여주셨을 텐데 사실대로 말씀을 드리지 못하였음을 이제야 용서와 이해를 바랍니다.

구몬학습지를 하면서 어머님들이 항상 옷을 어디서 샀는지, 신발과 가방 등은 또 어떻고 늘 여쭤보셔서 차라리 제가 옷가게를 열어 사입을 해 20% 마진만 받고 팔겠다고 생각했습니다. 그래서 백화점에서 사입을 하였고, 일산 탄현에 보증금 1,000만 원에 월 130만 원짜리 상가를 계약, 난생 처음으로 대출을 받아 500만 원을 계약금으로 걸었습니다.

그리고 두 번째 차 제 월급이 또 600만 원이 넘어가 재무 설계를 받게 되었습니다. 아빠도 아시는 한동네에 사는, 제가 제일로 좋아하는 주영 언니가 그거 네가 하면 수익금이 이렇다 하여 이호철 사업국장님께 허락받고 휴가를 받았습니다. 그렇잖아도 '투잡'은 안 된다 하셨는데 3일만 일하고 나머지 4일은 노는데, 일하는 걸 좋아하고 일욕심이 많은 저로서는 어머님들께는 당분간 쉬고 다시 돌아오겠다고 알려드렸습니다. 그런데 어머님들이 저 아니면 학습지를 쉬겠다고 하는 집이 있어 어쩔 수 없이 그렇게 하라고 하였는데 줄줄이 퇴회를 하게 되었습니다.

그간 이마트 다니시던 아버님이 실직하셨다 하여 가정환경이 어려워진 가정의 학습을 제 사비로 도운 집이 있었고, 어떤 때는 국어보다 한자 단계가 높아야 하는데 아무리 상담해도 요지부동인 가정의 아이들을 제 돈으로 한자 한 과목 정도를 해주기도 했는데 이런 집 또한 잠시 쉬게 되었습니다. 이 일로 사정 얘기를 못한 집도 있었는데 초등학교 2학년이었던 일산 덕이동의 민영이가 그러하였습니다.

이렇게 하기까지의 배경에는 간호장교인 요셉어머님이 있습니다. 그분은 주말에만 댁에 계시는데 신규 상담전화를 주셨고, 일요일에 상담을 원하셔서 일요일에 상담을 하여 E.E 과목 포함 구몬 영어, 국어, 수학 네 과목을 입회하였습니다. 그리고 수업이 끝나면 하루도 빠짐없이 수업 내용을 전화로 알려드렸습니다. 그런데 당시 저는 동생 명의로 월 1만 5천원 학생 요금제를 사용하고 있었습니다. 그래서 요셉어머님께 전화 한 번하고 나면 무료 통화가 끊겨 요셉이네 집 전화로도 전화를 하였고, 다음 수업이 늦어지면 다음 집 방문을 위해 이동 중 휴대폰으로 전화를 드렸습니다. 그래서 결국 제 친구들에게는 컬렉트콜로 전화를 하거나 문자로 전화를 달라고 요청하기도 했습니다. 그러다보니 저의 절약에 자꾸 차질이 생기기도 하였습니다. 그런 와중에도 요셉인 나날이 발전하였고, 그간 진도 향상을 기피했던 잉글리쉬 인 카운터즈에 대한 믿음도 생겨 어머님과도 많이 가까워졌습니다. 그래서 네 살인 동생 하은이도 제게 맡겨서 감사하던 차에 요셉이 한자는 경제적인 부담이 된다 하여 제 돈으로 한자 한 과목을 해주었습니다.

그런데 건무할머님과 요셉할머님이 평소 친분이 있으셨는데, 어느 날 건무와 요셉이를 비교하며 요셉할머니께서 건무는 몇 과목이나 하느냐는 말에 구몬 전 과목을 다한다고 말씀드렸더니 그 말에 무척 언짢아하셨습니다.

그러던 어느 날 평일인데도 요셉어머님이 댁에 계셔서 수업을 마치고 솔직하게 저의 고충을 얘기해야겠다 마음먹고 "어머님, 사실은 제가 휴대폰이 제한 요금제라 어머님께서 새벽이든 저녁이든 아무 때나 제게 전화를 주시면 안 되시겠는지요?" 하고 말씀드렸습니다. 그런데 제 바로 코앞에서 요셉어머니는 고래고래 소리치며 저를 사람취급도 안 하셨습니다. 저는 마음이 상해 울면서 그 집을 나와 다음 수업을 갔는데 너무 마음이 상해 이후 모든 수업을 울면서 다녔습니다.

아무리 생각해도 요셉이와 하은이 학습지도를 해야 했기에 다음 주 수업을 갔는데 요셉할머님께서 수업에 간 저의 멱살을 부여

잡고 미친년이라고 욕을 하였습니다. 요셉이와 하은이가 보고 있는 그 자리에서 저를 벽에 밀치고 초록색 블라우스를 찢어버렸습니다. 결국 경찰을 불렀는데 경찰 앞에서 요셉할머니는 "이년, 걸레 같은 년! 거지같은 년!"이라고 막말을 쏟아내었습니다. 너무 어이없었지만 할머니라서 말 한마디도 하지 않고 있는 저를 보고 경찰이 마지못해 그래도 애들 가르치는 선생님인데 너무 하신다 하였는데도 계속 저를 폄하하시고 이젠 너무 어이없어 흘릴 눈물도 없었습니다.

다음 수업이 있는 경희대학교 교수님인 건무네 집에 방문하니 건무어머님이 계셨습니다. 구몬 할 때 당시 저의 멘토이셨던 건무어머님이셨기에 요셉네서 벌어진 상황을 설명드리니 몸 함부로 하지 않았던 제게 처녀 진단서와 병원 진단서를 끊으라 하셨고, 본인이 증인이 되어 주신다 하셨습니다. 그리하여 저는 아빠께 찾아가 자세한 얘기는 드리지 못한 상황에서 할머니를 고소한다고 하니 이게 미쳤다고, 어디 노인네를 그리 하냐며 역정을 내시어 포기하고 말았습니다. 그래도 너무 분하여 요셉어머님께 전화를 해서 그동안 제가 이러이러했다며 어머님은 딱 거기까지인 거 같고, 평생 그렇게 사시라고 말했습니다. 새로 부임하신 문성길 지국장님께 전후 사정을 설명드리고, 그 집에는 도저히 더 이상 갈 수 없을 것 같다고 말씀드렸습니다.

거지같은 년, 걸레 같은 년이라는 말에 크게 상처를 받은 저는 당시 아빠가 사주신 신차 아반떼 HD가 1년도 되지 않았는데도 불구하고 짧은 생각에 외제차를 사게 되었습니다. 당시 드라마 '커피프린스'에서 공유가 타던 BMW 미니 쿠페 컨버터블을 타고 가서 거지같은 년이 이런 차타는 거 봤냐고, 이 한마디를 하고 싶어 영범이, 다연이어머님 소개로 차를 구입하였습니다. 당시 스물여덟이었던 저는 신용이 1등급이었는데 차 판매를 하시던 영범이, 다연이 친척 분이 이 일을 하면서 젊은 사람 신용이 이렇게 좋은 건 처음 봤다면서 저의 얘기에 귀 기울이시며 참 예뻐해 주셨습니다.

결국 저는 아빠 몰래 차를 구매하게 되었습니다. 그리고 그 차를 타고 요셉네에 가서 차를 보여주며 거지같은 년이 이런 차를 타는 거 봤냐고 한마디 할 요량이었으나 차를 보여주기는커녕 되래 치욕스런 욕만 더 들어 먹었을 뿐 아무런 소득이 없었습니다.

시골집에 갈 때 저는 몰래 차를 몰고 갔는데 새엄마께 걸리고 말았습니다. 새엄마는 아빠께 얘기를 했고, 아빠는 바로 전화를 하셔서 "나, 너 그렇게 안 키웠다. 지금 나라 경제가 얼마나 어려운데 수입차냐? 안 된다" 하시며 다시 팔고 아빠가 사준 차타고 다니라고 말씀하습니다. 그러면서 아빠는 "너, 엄마가 새엄마라서 마음아파 그동안 감싸주었는데, 차 팔지 않으면 이제 감싸줄 수 없다"고 말씀하셨습니다. 그런데 그 말을 하필 그간 친누나라 생각하고 살고 있는 동생이 듣게 되었습니다. 동생은 누나 괜찮나 하고 찾아와 이제야 모든 상황이 이해된다는 걱정을 했습니다. 그래도 이때는 돈 잘 벌고 원하는 거 잘 사주는 누나라 진심어린 걱정도 해주었는데 결국 이 장녀의 경솔함으로 인해 굳이 알아도 되지 않을 비밀을 알고 남동생이 상처를 받았을 겁니다.

이 모든 고난의 시초였던 시골 본가에서 계획적으로 쫓겨났음을 알고도 홀연히 떠난 장녀가 아빠 얼굴에 누가 되지 않게 살기 위해 얼마나 끊임없이 노력을 하고, 일부러 더 밝게 항상 웃으며 지냈었는지를 당신은 모르실 겁니다. 이때 장녀가 고난 속에서 그리고 수없이 많은 오해와 억측 속에서 외롭고 힘들게 버텨 왔는지를 당신께 고하지 않은, 서로에게 한이 되었을 아픔에 대해 이제야 용서와 이해를 바랍니다.

추석 연휴 전날에 그 망할 미니 쿠페를 타고 일산 가좌동에서 덕이동으로 수업을 하러 가는 중 기름이 바닥이 나 차가 1차선에서 멈춰 서버렸습니다. 그래서 동부화재 긴급출동을 불렀으나 무려 1시간 30분 동안이나 긴급출동차량이 오지 않아 아이들 엄마들께 전화를 걸고 이리저리 발을 동동 굴렀습니다. 다행히 현대해상 사장님의 도움으로 주유소에서 직접 휘발유를 사다 주유하고 수업을 갔습니다. 1차선에서 차를 멈추고 있던 중 정말 지나가는 운전자들에게 평생 들을 욕을 다 얻어먹었습니다. 당연히 수업도 늦어졌고, 어머님들께도 약속 시간을 지키지 못하였습니다. 연휴 전날이라 다들 약속이 있고 바쁜 날에 누를 끼치게 된 것입니다. 설상가상으로 수업에 늦어져 계단을 오르내리다 계단에서 굴러 넘어졌고, 다리에 아직도 지워지지 않는 생채기가 생겼습니다. 어렸을 적부터 그토록 뛰어 다니다 넘어진다며 나무라셨던 당신께서 언젠간 집 앞마당 계단에서 넘어져 무릎에 피가 흐르는 것을 보시고는 불같이 화를 내시고 유치원도 못 가게 하셨던, 혹여나 장녀의 몸에 흉이 질까 늘 걱정하셨던 끔찍한 자식 사랑에 보답하지 못함을 이제야 용서와 이해를 바랍니다.

동부화재의 불편한 서비스와 여러 가지로 더해지는 차사고도 있어 병원에 입원하게 되었습니다. 그리고 며칠 간격으로 할머님께 욕보이고, 어머님께 욕보이고, 선생님들께 말도 되지 않는 이상한 소문에 휩싸였고, 그것을 제게 또 얘기해 주시며 확인하시는 분도 있었습니다. 게다가 지구장도 아닌 제게 지구장님께서 해야 할 일들을 부탁하시거나 직원들에게 강의해 달라는 부탁도 받았습니다. 저는 혹여나 잘난 체한다는 오해를 살까 아침 8시 30분에 출근하여 가급적 말을 아끼고 몸을 낮추었습니다.

그러는 제게 오히려 더 큰 오해가 생기는 일이 있었습니다. 새로 오신 지국장님께서 너무 힘들게 한다는 말을 다른 선생님들이 제게 털어 놓았습니다. 사실 저는 아무런 불평불만도 없었는데 어쩔 수 없이 총대를 메고 1지구 선생님들을 위해 지국장님께 용기를 내어 이렇다 저렇다 말씀드렸습니다. 그러나 지국장님께서는 오히려 자신의 말만 옳다 하시고 저를 설득하고 합리화시키시니 그분께 말로는 당할 수 없어 저는 그냥 웃고 넘어 갔습니다.

어쨌든 사고로 다리가 아파 수업에 갈 수 없었기 때문에 병원에 입원을 하였고, 이미정 지구장님께 부탁을 하였습니다. 그리고 수업 빠지는 것은 있을 수 없는 일이기에 어머님들께 따로 전화를 드리기도 하였습니다. 그리고 미리 얘기를 한 어느 집은 교재만 받기를 원하였으나, 저는 그렇게만 해서는 안 된다는 판단아래 지구장님께 부탁을 드렸던 겁니다. 그러나 이런 상황을 알게 된 문성길 지국장님께서 그렇게 할 수 없다 하시어 어쩔 수 없이 저는 병원복을 입고 다리를 절뚝이며 수업에 가려했습니다. 그런데 지국장님께서 앞을 막아서기에 더 이상 드릴 말씀도 없고, 또 수업에 늦을 것 같아 엘리베이터를 타는데 갑자기 수업가려는 저를 막아서고 "선생님! 선생님!" 말만 반복하고 기운 없어 교재가방을 간신히 들고 있는 제게 엘리베이터를 쫓아 타서는 멱살을 부여잡고 또 뒤흔들었습니다. 이때가 겨울이라 병원복 위에 노란 롱패딩 점퍼를 입고 있었습니다. 이때 일어난 일을 당신께 말씀드리면 당장이라도 쫓아오실 분이란 걸 저는 알기에, 그리고 더 크게 걱정하고 마음 아파하실 것을 알기에 말씀드리지 못하였습니다.

그래서 이 일을 혼자 견뎌낼 수 없어 그간 제일 친했던 분으로, 그때 산후조리에 들어가셨던 김영림 선생님과 김경수 지구장님께 전화로 상의드렸습니다. 그랬더니 "에이, 설마? 옷깃 잡은 거겠지" 하시며 믿지 못하자 저는 더 크게 절망하였습니다. 세상에 저능아도 아니고 제가 동료들에게 감정을 실어 양쪽 옷을 싸잡고 마구 흔드는 것과 그저 옷깃 잡은 것을 구분도 못할 정도의 이미지밖에 안 되었단 말인지 상심이 컸습니다. 멱살 잡았다는 사실을 여기저기 떠벌리고 다닐 상황도 아니었고, 또 그런 모질지 못한 성격도 아니기에 저는 그나마 제일 믿고 의지했던 딱 두 분에게만 말했을 뿐인데, 그분들조차도 저를 믿지 못한 겁니다. 그러자 저는 서운함이 끝내는 미움으로 번지고, 그간 무던히도 노력했으나, 이는 결국 억울함을 낳았습니다. 그리고 이 억울함은 점점 분노로 바뀌어 구몬에 대한 모든 애정이 송두리째 흔들리게 되었습니다.

그런 상황에서 그나마 저를 잡아 줄 수 있는 이는 오로지 건무어머님밖에 없다는 생각에 건무어머님께 얘기를 드렸더니 CCTV를 확인하라고 했습니다. 그래서 관리사무실에 가서 사정을 얘기하니 관리 아저씨가 고장났다고 말하시면서 덧붙인 말씀이 첫마디가 "혹시 그 쥐새끼처럼 생긴 사람이 그랬냐?"고 하십니다. 어떻게 아셨을까요. 남자 교사, 남자 관리자가 그분만 계셨던 게 아니었는데도 말입니다. 아직도 제게는 아픔인 이런 불미스런 얘기들을 당신께 말씀드리지 아니한 것을 이제야 용서와 이해를 바랍니다.

선생님들의 권유와 부탁으로 결국 일곱 가지의 플로우(Flow)만 정해 저는 첫 강의를 하게 되었습니다. 그런데 도저히 맨 정신에는 할 수 없어 소주 세 병을 마시고 강의를 해야 할 정도였습니다. 맨 마지막 주제가 구몬학습이었고, 구몬교사를 하면서 구몬학습을 시키지 않는 것은 이해불가라고 말하며 맨 앞에 경청하고 있는 김현경 선생님을 보게 되었습니다. 그리고 당시 전은숙 선생님이 퇴회가 많아 힘드신데 다 퇴회 내버린 김현경 선생님이 순간 너무 밉게 생각되어 강의도중 "김현경 선생님도 마찬가지

고요"라고 말해버렸습니다. 이 한마디에 김현경 선생님이 "정말 웃겨!" 하고 소리치는 바람에 용기를 낸 저의 첫 강의는 결국 울음이 터져버렸고, 그렇게 엉망으로 마무리되었습니다. 당신께서 이를 아셨다면 잘했다고, 할 말은 해야 한다고, 잘못 된 것은 지적해 줘야 한다고 칭찬해주셨을 것을 알기에 이제야 용서와 이해를 바랍니다.

그렇게 결국 다사다난했던 사건들로 이호철 지국장님과 상의를 했는데 "결국 지금까지 탄현지국을 선생님이 먹여 살리셨으니 한두 달 쉬고 오시라"는 말과 투잡은 안 된다는 말도 함께 들었습니다. 그래서 짐을 챙기러 지국에 다시 들렀는데 지국장님께서 종이를 내밀며 '건강'이라고 쓰라고 했습니다. 그런데 제가 이상해서 건강은 문제없다 하니, 그럼 '개인적인 사유'라 쓰라 해서 쓰고 돌아섰습니다. 아무리 생각해도 이상해서 그거 다시 보여 달라고 하니 양복 안에 아예 찔러 품으며 안 된다고 합니다. 저는 '뭔가 있구나' 생각했습니다.

한 달이 지났을까, 이호철 사업국장, 문성길 지국장님께 전화를 드렸습니다. 그리고 "용서는 미움한테 방 한 칸만 내어 주면 되는 것을 잊고 살았다"고 말하고 용서하겠다고 했습니다. 이 사실을 당신께 전해드리면 분명 으쓱해 하셨을 텐데 그렇게 하지 못하였음에 이제야 용서와 이해를 바랍니다.

(2015년 3월 10일 오전 7시 36분)

제1부

시어(詩語)를 생각하다

산책

살랑대는 꽃잎을 타고
보드란 우윳빛 바람을 안고
콩닥이는 나뭇잎 사이를
걷고 있노라면
어느새 나는 내 삶의 찌든 때를
태양 볕에 말리고 있다

새콤한 꽃잎을 타고
폭신한 살굿빛 구름을 안고
소곤대는 나뭇잎 사이를
걷고 있노라면
어느새 나는 내가
가야 할 길을 인도받고 있다.

봄이 오는 소리

꽁꽁 묶여있던 따스함이
방안 가득히 스며듭니다
추위에 몸을 뒤틀던 옷장도 기지개를 펴고
내 방 모든 것들이 하나둘
긴 잠에서 깨어나
봄을 맞을 채비를 합니다

밤새 숲은 울어대고
찰랑이는 초록물결이 바람을 타고
내 방 안에 놀러옵니다.

흙

기름진 흙속에
내 어머니가 살고 계신다
까칠하고 주름진,
앙상하고 메마른 손으로
흙을 다독거리며
반평생을 자식 놈 대하듯
늘 끔찍이 흙을 대하시던
내 어머니

때로는 땀으로 흙을 일구고
열매를 얻어 오시던 어머니
내 어머니 계실 곳은 일궈나가야 할 흙이요
내 어머니 돌아갈 곳은 기름진 흙인 것이다.

방황

사랑하는 이여
하늘을 보았을 때
힘없이 날아가는 내가 보이면
난 너로 인해 힘든 여정을
택함이야!
맥없이 추락할 위기의 내가
네 머리를 맴돌고 있음이야

사랑하는 이여
하늘을 보았을 때
방긋이 웃으며 해님과 이야기하며
바람의 손을 잡고 달려가고 있음은
난 너로 인해 작은 행복의 여정을
택함이야!
행복에 젖은 내가 네 머리 위를 향해
네 가슴 안쪽으로 달려들고 있음이야.

까치소리

반가운 이가 온다는
너의 재잘거림에
내 가슴은 이미
저 산 넘어 동구 밖
배꽃에 매달려 있다

여리고 가냘픈 핏기 하나 없는
배꽃 잎의 살결위에
가만히 내 손끝을 내밀어 본다
파르르 떨리는 배꽃 잎은 뜨거운
태양아래 그 빛을 더해가고

바싹 다가오는 너의 재잘거림에
배꽃은 저물어 가고
단물 가득 흘러넘치는 탐스런 그녀의 결실이
내 가슴을 뛰게 한다.

빨랫줄 위에 드리워진 아픔

선선한 바람이 뒤뜰에 놀러 올 때쯤

해는 산 넘어 엄마 품에 돌아가 버리고

내 손은 하나둘 빨래를 걷어 들이고 있다

몇 번이고 비벼대며 빨아 널은 아버지의 바지는

아직도 땀 냄새 흙냄새가 내 눈가를 촉촉이 적시고

얼마 전 어버이날 사다드린 예쁜 속옷은 온데간데없고

아직도 구멍이 성성한 메리야스와

힘없이 축 늘어져만 가는 엄마의 살처럼

엄마의 속 고쟁이들이 축 늘어져

엄마의 속옷임을 명백히 하니

옷가지들은 온통 나를 쏘아보고

내 두 눈 둘 곳이 없어 가슴이 무너져 내린다

흘러간 세월만큼 빛바랜 옷가지들은

까톨까톨 보플들로 그 힘들었던 삶의 피로를 대신하고

다시금 일상으로 돌아서고

다시금 때를 말릴 옷가지들은 제 주인의 온기를 기다린다.

백합의 마음

새하얀 드레스를 차려 입은
신부의 두 손에 수줍은 백합이
고개를 조아린다.
오늘 만큼은 겸손한 마음으로
신부보다 아름답지 아니하고
신부보다 슬퍼하지 않으나
신부만큼 수줍은 미소를 보낸다

몽글몽글 반짝이는 백합의
성스러운 땀방울은
신부의 눈물이요
투명하고 여린 살갗의 꽃잎들은
신부의 속살이요, 순결한 마음이다.

옥수수의 맛

꼬들꼬들 알맹이들이
꽉 들어찬 옥수수를
온 식구들이 둘러 앉아
먹고 있노라면

한 개만 먹어도
가슴속이 따뜻해지고
배가 부르니

꼬들꼬들 알맹이 속에
밥 한 공기 숨어있고
꼬들꼬들 알맹이 속에
따뜻한 온정이 나를 채워주는구나.

꽃은 나에게

몸과 마음의
무게를 덜고 파서
나는 나비가 되어본다

가볍게 양 날개를 펄럭이며
꽃들에게 낸 근심을
털어놓는다

언제든 나의 가장 소중한 벗이
되어주는 그녀들은
곱지만 흔하지 않은 웃음으로
내 마음을 어루만지고
일상에 지친 내 육신을 위로해준다.

바람 1

새콤한 바람이
내 머리칼을 빗질한다
저 산 허리 어디에선가
달려서는 바람이
내 볼을 비벼대고 있다

휑하니 넋 나간 내 두 눈을
바람이 가만히 들여다보고 있다
훌쩍 떠나버리면 그만인 것을
바람은 나를 둘러싸고 매질한다.

바람 2

단잠을 깨우는 너는
물보라처럼 거친
옷깃을 여민 채
나를 매만진다

때로는 힘들고 지쳐
돌아누우면
언제든 나의 위안이 되고
안식처가 되어주는 너는
초록빛 소나무 숲속으로
나를 데려가고

그 고요한 숲속에서 나는
솔잎이 되어본다.

눈꽃

가늘 가늘 사뿐히 내려앉는
눈꽃을 보라
세상 어느 곳에서도
그처럼 순결한 살빛을
본 적이 없다

온 세상을 그 여린 살결로
감싸 안으며
새하얀 동화 속 세상으로
둔갑시킨다

내려서다 맞닿으면
녹아드는 솜사탕처럼
부푼 꿈이 있는 눈꽃들은
소복이 소복이 쌓이고
꿈 많은 아이들만이 가슴에 흔적을 남긴다.

삶

지치고 고달픈 하루 지나
다시 아침이 찾아온다

똑같은 시간 속에 몸을 싣고
내 젊음은 흘러간다

시간을 되짚어 잡고 싶지만
너울너울 넘어가버린
시간은 다시 돌아올 리 없다

가슴이 맹한 것은
미처 채울 수 없었던 사랑 때문이고
끝없이 멀기 만한 세상이라 생각되는 까닭은
함께할 수 없다는 내 가슴 한 귀퉁이의
외로움의 조각 때문이랴.

제2부
'아름다운 인연'을
기억하다

여행길에서

키 큰 아파트와
딱딱한 시멘트가 싫어져
잠시 내 삶을 떠나
여기에 왔습니다

꽃들이 수줍게 웃는 것도 보았고
지나가는 새와
이야기도 나누어보았습니다

가슴속에 행복이라는
시어가 찾아들고
나는 푸른 하늘 속에 있는
나를 찾게 되었습니다.

별을 보며 1

하늘이 당신의 어버이라면
그 반짝이는 빛들은 당신의
자식일 것입니다

까만 밤 늘 봉사활동을 하는 그들은
길 잃은 사람의 은인인 것입니다
꿈 많은 사람의 희망인 것입니다
한 많은 사람의 도피처인 것입니다

하늘이 당신의 어버이라면
그 반짝이는 빛들은 당신의
자식일 것입니다

그 반짝이는 빛들은
세상 모든 이들의 아픔으로
때로는 희망으로

때로는 사랑으로

꺼지지 않는 마음의 등불이 되어줄 것입니다.

별을 보며 2

또렷이 하늘에 도장을 찍고 있는 이여
세상은 아직 넉넉한 여유와 웃음을 필요로 하오니
일일이 검사하고 확인하며
도장을 찍을 필요는 없습니다.

비

무서워 떨고 있는 까만 바다

서러움에 복받쳐

온 몸을 부서져라 부딪치는 까만 바다

빨간 태양 엄마가 보고파서

후드득 눈물을 토해내는 까만 바다

사랑에 목이 말라 소리치는 까만 바다

바다

가슴속이 시원하다
가슴속의 응어리들이 움터나기 시작했다
높이 이는 바다의 손짓처럼 바다의 몸부림처럼
내 가슴 안의 모든 시간들과 기억들이
수평선 넘어 갈매기에게 전해진다
바다 위의 하얀 구름을 끌어다 덮고
모난 마음을 달래야겠다.

볕의 그림자

저 뜨거운 볕이
내 등줄기를 타고 내려올 때
문득 그 볕과 마주하게 되었을 때
나는 보고야 말았다
연한 소라색 적삼을 입은 볕이
그만이 들을 수 있는
하늘의 선율에 맞춰
신들린 듯 춤을 추고 있는 것을

어둠이 찾아들 때

곰팡이 냄새 음습한
4월의 저녁 안개를
만났다

하얀 뼛가루를 뒤집어 쓴
적색의 안개에 우리네 삶이
드리워져 있는지도 모른다

적막한 고요함 속에
적색의 물감이 거리에 채색될 때
길 잃은 별들은 갈 곳 없어 헤매이고
그토록 영롱한 빛을 발하던 달은
홀연히 떠나버리고

빛이란 찾아볼 수 없는 암울함에
모난 마음의 상처 속에
욕망들이 목말라한다.

죄

소스라치게 놀라는 파란 물결 위에
내 지난 죄를 실어 보내노라면
부서져라 내 가슴을 두드리는
파란 물결 속에
빛바랜 내 인생의 이픔이 널브러져 있다

소스라치게 놀라 쏟아지는 붉은 빗물 위에
내 지난 죄를 실어 보내노라면
무너져라 내 가슴을 두드리는
붉은 빗물 속에 힘없이 쏟아지던
내 눈물이 소리치고 있다.

선풍기 속의 나

횡하니 돌아가는 날개 속에는
하루 웬 종일 고생했던
내 손과 발이 묶여있다

횡하니 돌아가는 날개 속에는
하루 웬 종일 쏟아내던
내 땀방울이 묶여있다

횡하니 돌아가는 날개 속에는
하루의 피곤함을 씻어내고 싶은
내 마음속의 평온이 묶여있다.

지금 창밖의 세상

흰칠하게 쭉 뻗은 몸체에
초록색 머리칼을 바람에 말리고 있는 장병들
그 장병들 품 안에서 더위를 식혀가고
있는 사람들

봄

새콤한 바람이
담장아래 텃밭에
소풍 왔다

새침데기 개나리
부끄럼 많은 진달래
수다쟁이 벚꽃
바람이 인사하자
활짝 미소를 터트린다

이에 질세라 텃밭의
봄처녀들도 바람과
인사를 나누며
초록빛 각선미를 뽐낸다

텃밭에선 알록달록

꽃들이 텃밭을 꾸미고
멋쟁이 봄처녀들은
다과상을 준비한다

노랫소리 들린다
축제가 시작된다.

제3부
책과의 만남

《오체 불만족》

내가 이 책을 처음 접하게 된 계기는 얼마 전 우리 회사에서 각 과마다 국화꽃 선발대회를 할 때다. 국화꽃을 보러갔다가 우연히 눈에 들어와 접하게 된 책이다. 참 우스울 수도 있지만 유난히 새 책처럼 빛나던 겉표지는 몸통만 있는 한 남자 장애인이 도로변에서 휠체어를 타고 해맑게 웃고 있는데, 그 미소는 쭉 진열되어 있던 국화꽃만큼이나 아름답고 향기로웠다.

책 내용 역시 해맑게 웃던 오토다케의 웃음을 느낄 수 있는 내용으로 가득했으며, 왜 오토다케가 국화꽃만큼 아름다운 미소를 지을 수 있는 사람이었는지 이 책을 통해 알게 되었다.

지금 우리가 살아가고 있는 세상 속에는 사지육신이 멀쩡한 사람, 그렇지 못한 사람, 즉 지체장애자 등 많은 사람이 함께 더불어 살아가고 있다. 더불어 살아간다는 표현은 글쎄, 아직 미흡한 표현이 아닐까 생각해 본다. 지금 우리 사회는 나 역시 그렇듯 장애에 처한 사람을 불쌍히 여기고 좋지 않은 시각으로 바라보고 있는 것이 사실이다. 하지만 나는 이 책《오체 불만족》을 읽으면서 그동안의 고정된 틀 속에서 살아온 것을 알게 되었고, 내 뒤를 돌아볼 수 있는 계기가 되었다.

사람은 누구나 행복할 권리가 있는데 태어날 때부터 운 좋게 물질적으로 풍족한 삶을 영위할 수 있도록 태어나는 사람이 있는가 하면, 어려운 여건 속에 태어나는 사람도 있고, 건강한 육체를 갖고 태어나는 사람이 있는가 하면, 그렇지 못한 신체장애로 태어나는 사람도 있다.

나는 아주 가끔 길을 걷다 신체장애자를 본다. 왠지 다른 시선으로. 그러면서 오토다케의 아버지, 어머니의 따뜻하며 굳은 의지에 존경심을 표한다. 아무리 자신이 낳은 자식이라도 솔직히 장애

아를 낳으면 부모 된 입장에서 앞으로 아이와 함께 험한 세상을 헤쳐 나가야 한다는 생각에 절망부터 앞서는 것이 사실이다. 하지만 그들은 절망적인 표정이 아닌, 기쁜 표정으로 우리 자식이 건강하게 잘 태어나서 기쁘다고 했다

과연 나라면, 아니 보통의 모든 부모들이라면 어떻게 처신했을까? 나에게는 생각하는 것조차 두려운 일이 아닐 수 없다. 본래 엄마는 본능적으로 자식에 대한 강한 모성애와 힘을 갖고 있다고 한다. 하지만 난 내가 낳은 자식이 장애라면 자신을 자책하며 자식에게 죄스러운 마음으로 항상 미안해하며 살 것이고, 평생 동안 당당하게 밖을 활보하지도 못하면서 자식과 함께 움츠린 삶을 살지 않을까 생각해 본다.

하지만 오토다케의 부모님들은 그냥 무작정 고민하고 안타까워한 것이 아니라 결점을 스스럼없이 받아들여 장점으로 승화시키려는 노력으로, 여느 아이들과 똑같이 성장할 수 있도록 도와준 것이다. 그러기에 오토다케는 장애로 인한 정신적인 상처를 받지 않고 지금까지 행복하게 지낼 수 있었던 것이다. 아마도 지금의 오토다케가 있게 해준 것은 모두 부모님들의 은공이라 생각한다. 훌륭하고 바른 가치관을 가진 부모님 곁에서 세상을 살아가는 미덕을 배웠기에 항상 낙천적이며 보통 사람들과 같다는 생각

으로 세상 모든 이들과 어울릴 수 있었던 것이다.

보통 학교에 진학한 오토다케는 학교에서 좋은 선생님과 좋은 친구들 덕분에 행복한 학교생활을 할 수 있었다. 그 중에서도 특히 초등학교 담임이었던 다카기 선생님이 가장 인상적이며 많은 일깨움을 주었다. 오랜 교직 생활로 많은 경험이 있는 다카기 선생님은 오토다케에게 많은 관심을 갖고 배려해 주었다. 하지만 신체장애이기 때문에 지나친 애정을 쏟는 것이 아니라 오토다케에게 좀 더 바람직한 영향을 줄 수 있도록 많은 애를 쓰셨다. 신체장애라 해서 무작정 도와주는 게 아니라 오토다케에게 사소한 것이지만 조금 힘겨워도 혼자 할 수 있도록 행동을 잡아주셨다. 만약 그때 오토다케에게 모든 친구들이 도움만을 줬다면, 정작 오토다케 자신은 가만히 있으며 주위의 모든 사람들의 도움만 받고, 그것을 당연한 것이라 받아들이며 혼자 할 수 있는 것들을 알지 못한 채 의미 없는 학교생활을 했을 것이다.

그리고 우리 사회에서도 심각하게 대두되고 있는 '왕따' 문제, 일본은 우리나라보다 더 심각하게 왕따가 즐비하다고 들었다. 그러나 조금만 튀어도 왕따로 만들어버린다는 일본의 학교생활은 일부의 문제가 아니었나 생각한다.

학교생활을 할 때 그 누구도 오토다케 뒤에서 수군거림과 눈살을 찌푸리거나 피하는 친구들은 없었다. 오히려 오토다케와 함께할 수 있는 일을 공유하기 위해 노력하는 학교 친구들의 모습에서 지금의 우리 사회를 뒤돌아보게 된다. 과연 진정한 친구란 무엇인지 책 속에서 많은 부분을 느끼고 공감할 수 있는 일을 말이다.

진정한 친구란 무엇인가? 바로 이 책 속에서 그 해답을 찾을 수 있었다. 흔히 진정한 친구란 친구가 어려움에 처해 있을 때 외면하지 않고 물심양면으로 도와주는 친구라고 한다. 거기다 겉으로만 친구의 슬픔을 아파하는 것이 아니라 마치 자신이 처한 상황처럼 가슴 아파하는 것이라고 말하기도 한다.

만약 지금 내 주위에 신체장애 친구가 있어 그 친구를 위하여 내가 같이 옆에 따라다니며 무조건 도와주려고 애쓰는 것을 본다면, 아마도 주위 사람들은 나를 보고 참 착한아이라 말할 것이다. 그리고 만약 이와 반대로 이 친구를 위해 혼자 할 수 있는 능력을 키워주기 위해 그냥 웬만한 일은 지켜보고 거들어주지 않는다면 잘 모르는 주위 사람들은 날 보고 참으로 몰인정한 아이라고 말할 것이다. 과연 난 어떻게 처신할 것인가? 아마도 전자 쪽을 택할 것이다. 보통의 사람들은 보이는 대로 믿기 때문에 사람들에게 인심을 잃어버리기보다는 착한아이로 생각되길 바랄 것이다.

지금 우리가 살아가고 있는 사회 속에서 장애는 남의 얘기가 아니다. 건강한 육체로 태어나 세상을 살아가다가도 자칫 뜻하지 않은 불의의 사고로 인해 목숨을 잃는 일이 허다하다. 또한 목숨이 남아 있다 해도 언제 어디서든 사고의 위험이 곳곳에 숨어 있으므로, 우리가 원치 않더라도 어느 순간에 장애자가 될 수 있는 것이다.

점점 각박해지는 세상 속에서 우리 사회는 점점 산업화되고, 사람들은 인간관계보다는 돈을 우선시하고, 따뜻한 정이 오고가기보다는 자기중심적이고 이기적인 삶을 살고 있다. 평생을 건강한 육신으로 살 수 있다면 더 바랄 것이 없지만 그렇지 못한 상황에 처했을 때를 생각한다면, 지금의 우리 사회는 좀 더 따뜻한 인심이 숨 쉬는 세상이 되지 않을까 생각한다.

신체장애라 하여 색안경만 끼고 바라볼 것이 아니다. 또 그렇다고 무작정 동점심을 표하고 도와줄 것도 아니다. 하지만 무슨 일이든 한 번 더 그 사람 입장에서 생각하고 도와준다면 지금보다는 덜 각박한 세상이 될 것이다. 정말 사소한 것에서부터 장애인들과 서로 함께할 수 있는 사회가 만들어졌으면 한다.

오토다케와 같은 장애인들이 아무런 걱정 없이 주위의 이상한 시선을 느끼지 못한 채 거리를 다닐 수 있는 모습을 상상해 본다. 나의 이 작은 상상이, 상상이 아닌 현실이 되었으면 좋을 테지만 그러기에는 지금 우리 사회의 모순이 적지 않고, 보완해야 할 일들이 너무 많다.

하루 빨리 우리 사회의 모든 이들이 마음의 장애를 벗고 모든 장애들을 똑같은 보통사람이라고 받아들일 수 있는 건강한 정신을 지닌 사람들이 될 수 있었으면 한다.

(내 나이 스물두 살에 장미연 쓰다.)

제4부

<수필> – 미연(美緣),
아름다운 인연

행복은 가까운 곳에 1

정보안내 1부 1과 장미연

요 며칠 비가 내립니다.

이제 곧 장마가 시작되려나 봅니다.

지난주까지만 해도 날이 많이 후덥지근하던 터라 비소식이 궁금하던 차였는데 내리는 빗소리를 들으니 선선한 아침 공기에 촉촉이 젖어드는 세상이 달콤하게 느껴집니다.

실록의 푸름이 짙어가는 6월이기에 우리네 가슴속에도 푸름이 가득 차오르고 정열적이고 활기찬 여름의 시작을 하루 1,000명의 고객과

동행하고 있습니다.

이렇게 하루하루 수많은 고객들과 만나다 보니 어느덧 코이스 창사 3주년 생일이 되었습니다.

아마도 우리 회사 직원 모두가 탄탄이 올라서는, 우리 회사 코이스의 밝은 미래를 꿈꾸며 함께 노력하고 힘써왔던 것들을 떠올리면 기쁘기도 하고, 반면 앞으로 보다 낫고 발전된 코이스를 꿈꾸며 어깨가 무거워지기도 할 것입니다. 하지만 가슴속에서만은 이제 막 생성되는 따뜻한 응어리들이 움터나기 시작할 것입니다.

이에 우리 회사의 밝은 미래가 모두의 가슴속에서 비춰지는 것이 아닐까 생각해 봅니다.

회사 생일을 맞아서일까요.

머릿속엔 지난 많은 일들이 스쳐지나갑니다.

회상할 수 있는 추억이 있다는 것만으로도 행복한 일인데 제 추억을 이 작은 종이 몇 장에나마 기록할 수 있다니 행복은 가까운 곳에 있다는 것이 틀린 말은 아닌 것 같습니다.

그럼 지금부터 제 가슴속에 남아 있는 귀여운 꼬마 고객의 이야기를 시작하겠습니다.

몇 달 전 버스 안에서 귀여운 꼬마아이를 보았습니다.

작지만 똘망똘망 큰 눈에 야무진 입술을 가진 꼬마아이가 엄마로 보이는 분의 손을 꼭 잡은 채 버스에 올라섰습니다.

그러고는 "안녕하세요!" 하며 버스운전사 아저씨께 인사를 합니다.

버스운전사 아저씨는 별 반응 없이 열심히 운전을 하십니다.

저는 버스 맨 뒤 쪽 창가 쪽에 앉은 터라 열심히 그 꼬마아이를 두 눈에 담아 두고 있었습니다.

아이는 버스 중간에 엄마와 나란히 앉았습니다.

조금 뒤 버스 벨이 울리며 한 승객이 버스에서 내렸습니다.

아이는 기다렸다는 듯이 문 앞까지 걸어 나갑니다.

그러고는 몸을 숙이며 "안녕히 가세요!" 하고 인사를 합니다.

그래도 버스 안은 아직까진 별 동요되는 것 없이 몇몇의 승객만이 아이를 주시하고 있을 뿐 다들 묵묵히 자기 자리를 지키고 있을 뿐입니다.

다음 정류장에서 한 승객이 버스에 올랐습니다.

그러자 아이는 또 일어서서 "안녕하세요!" 하며 인사를 합니다.

그제서야 버스 안의 승객들은 그 아이에게 정신이 쏠렸나 봅니다.

버스 안은 갑자기 웃음바다가 되어버렸습니다.

아이는 매번 손님이 올라 탈 때마다 "안녕하세요!"라고 인사를 하고 승객이 내릴 때도 어김없이 위태위태 쫓아가서 고개를 숙이며 "안녕히 가세요!" 하며 인사를 합니다.

그러던 중 이번엔 아이가 내려야 할 때가 되었는지 엄마의 손을 꼭 붙잡고 버스 뒷문에 기다리고 있습니다.

버스 문이 열렸습니다.

아이가 내려야 하는데 아이는 갑자기 엄마의 손을 뿌리치고 버스운전사 아저씨 코앞까지 냉큼 달려가더니 또 고개를 숙이며 인사를 합니다.

"안녕히 계세요!" 하고서 버스에서 내렸습니다.

버스운전사 아저씨의 웃음소리와 함께 버스 안은 다시 한 번 웃음바다가 되었습니다.

그 꼬마 아이는 그렇게 버스에서 내렸지만 버스에 남아 있던 승객 모두의 가슴속엔 그 아이를 내리지 못했을 것이라 생각합니다.

점점 더 각박해져가는 세상 속에서 잠시나마 그 아이를 통해 저는 작은 삶의 미덕을 배울 수 있었습니다.

저는 지금도 가끔씩 들려오는 귀여운 꼬마 고객 중 "안녕하세요!" 하며 인사를 건네는 인사성 밝은 꼬마를 만날 때마다 혹시 그 버스에서 보았던 그 아이가 아닐까 하는 생각을 하기도 합니다.

어떤 날은 대뜸 "안녕하세요!"라며 인사를 건네고 "아줌마, 점심 드셨어요?" 하고는 "저는 피자 먹었어요"라고 자랑을 하는 꼬마를 보면 제겐 다들 너무도 귀여운 꼬마 고객들입니다.

아주 어린 아이들이지만 인사 하나만으로도 사람의 가슴속을 따뜻하게 채워주고 흐뭇하게 해 줄 수 있다는 것에 새삼 우리네 삶을 되돌아보게 됩니다.

'행복해서 웃는 것이 아니라 웃어서 행복하다'는 말이 있습니다. 앞으로 회사생활을 하면서 만나게 되는 모든 사람들에게 웃으며 "안녕하세요!" 하고 인사를 건넨다면 보다 나은 행복한 회사생활이 되지 않을까 생각합니다.

인사란 하고자 하는 모든 일의 첫걸음이 아닐까요?

이에 우리 모두 코이스의 위상을 높이기 위해 또 보다 나은 코이스를 위해 오늘도 "안녕하십니까?" 또는 "안녕하세요!" 하고 인사를 생활화하는 마음가짐을 갖는 건 어떨까 생각합니다.

(2000년 이후, 사내 백일장에서)

행복은 가까운 곳에 2

창밖은 조용하다.

창밖너머 들어서는 바람이 선선해진 터라 가을을 실감하면서도 가을을 만끽하지는 못하고 있다.

그도 그럴 것이 아직 가을의 낭만인 단풍을 보지 못했고 내 마음속에 가을을 들이지 못하기 때문일 것이다.

이는 가을을 들여놓으면 코앞에서 겨울이 올 것이고, 그러고 나면 이제 곧 2학년 2학기 학교생활을 마지막으로 아쉬움을 뒤로하고 졸업을 해야 한다는 것에 가을이 오는 것조차도 밀어내고 싶은 게 아닐까 한다.

'신체가 열 냥이면 눈은 아홉 냥'이라고 했다. 그만큼 눈이 중요하다는 얘기다. 살면서 접하게 되는 모든 것들을 두 눈으로 보고 담을 수 있다는 것이 얼마나 행복한 것인지 새삼 학교생활을 하면서 더 절실히 깨닫게 되었다.

아직은 무엇인가를 시작하기에 내 자신은 아직 많이 부족하고 미흡하다.

한편의 좋은 시를 쓰기에도, 장편의 소설을 쓰기에도, 단편의 시나리오를 쓰기에도, 짤막한 수필을 쓰기에도 턱없이 부족한 내 글 솜씨지만 그래도 예전에 학교 들어오기 전 내 생각 자체가 많이 바뀌어가고 있다. 무심코 지나가는 모든 것들을 다시금 보게 되고, 좋은 소재거리가 되지 않을까 유심히 관찰하게 되고, 행복은 가까운 곳에 있듯, 이는 나의 작은 유일한 행복이 되어가고 있다.

이렇다 하여 좋은 글을 쓰지 못하는 것이 부끄럽고 속상하기도 하지만 마음만큼은 아름다운 것을 담아둘 수 있는 맑은 샘이 생기고, 이 샘을 맘속에 가둬두는 것이 아니라 자꾸 만져보고 가꾸려는 여유와 노력을 보게 되었으니 이는 내게 학교생활에서 얻은 가장 큰 소득인 셈이다.

그렇지만 이런 좋은 것을 배우고 가슴에 담아두기까지 많은 희생도 감수해야 했다.

평소 아침잠이 많은 나는 '미인은 잠꾸러기'라는 말을 믿지도 않으면서 쏟아지는 잠과의 싸움을 시작해야만 했다.

회사생활과 학교생활을 동시에 해나간다는 것이 얼마나 힘들었던지. 그래도 지금은 몸에 많이 익어서 힘들진 않지만 불과 1년 전만 해도 정말 가관이었다.

회사에서는 아예 '잠자는 사람'으로 낙인이 찍힐 정도였다. 학교에 다니기 때문에 여기저기 가서 동료들과 어울리며 수다 떠는 걸 좋아하던 내가 잠 속에 취해 기회만 있으면 물불 안 가리고 잠 속에 빠져 꿈인지, 현실인지를 구분 못해가며 회사생활을 했다.

때문에 회사 일의 특성상 졸면서 할 수 있는 일이 아님에도 불구하고 끊임없이 졸고 또 졸았던 나는 고등학교 졸업 후 첫 직장이며, 지금껏 다니고 있는 회사에서 그동안 쌓아 왔던 신임을 많이 잃었고, 열 번 잘해도 한 번 어긋나기 시작하면 끝도 없다는 것을 피부로 느끼며 울기도 많이 했다.

그래도 그때마다 혼을 내시면서도 따뜻하게 감싸 주시고 웃으며 넘어가 주시던 윗분들과 동료들이 있었기 때문에 지금의 내가 있는 것이 아닐까.

얼마 전 과장님께서 근무시간에 심하게 졸고 있는 나를 붙잡고

1시간가량 설교를 하셨다.

　과장님께서는 배우는 건 좋다고 하셨다. 공부는 해도 해도 끝이 없는 것이고 배울 수 있는 여건이 되는 한 최선을 다해 배우라고. 그렇지만 이렇게 회사생활과 학교생활을 병행하는 것이 힘든 것인 줄은 안다만, 두 마리 토끼를 다 잡을 수는 없지 않느냐고 은근슬쩍 회사 쪽을 포기하라는 식의 진담 아닌 농담을 하셔서 요즘 같이 취업난에 허덕이는 젊은 사람으로서 등줄기가 어찌나 서늘해지던지 지금도 생각하면 아찔하다.

　그때는 내 유일한 무기인 웃으며 "잘할께요"라는 한 마디에 과장님께서도 웃으며 머리를 쓰다듬어 주셨다.

　돌아서면서 '아! 이래선 안 되겠구나' 하며 변화된 내가 되어 보기로 다짐했다.

　다음 날로 난 정말 거짓말처럼 졸지도 않고 눈 동그랗게 뜨고 일에 집중하고 있다. 물론 이것이 언제 또 무너질지는 모르지만 열심히 잠과의 싸움을 하고 있는 중이다.

　과장님께서 은근히 두 마리 토끼를 다 잡을 수 없는 것이라고 엄포를 놓으셨지만 나는 아직도 두 마리 토끼를 잡지도 못했고, 완벽하게 꽉 잡기 위해서 더 노력하고 있는 과정이라 생각한다.

　지난 1년 반의 학교생활을 이렇게 작은 종이에 적을 수 있다는 것조차도 내겐 행운이 아닐까.

앞으로 내가 나가야 할 길을 정하지는 않았다.

목표도 없이 학교에 온 것은 아니지만 내 목표를 이루어가기에는 아직은 턱 없이 부족하기에 졸업을 해서도 부지런히 많이 읽고, 쓰고, 배우겠다는 신념만 가득하다.

"사람은 태어나고 죽는다. 그 둘 사이에서 사람은 언제나 무엇인가를 하려고 시도할 수 있다"라고 화가인 프랜시스 베이컨은 말했다.

나의 의도는 그렇다. 베스트셀러 작가가 될 확률은 극도로 희박한 걸 알기에 내 글이 많은 사람에게 읽혀지고 더불어 나의 이름 또한 알려진다면 정말 너무너무 행복한 일이겠지만, 과다한 꿈은 접고 일평생 좋은 책을 통해 좋은 글을 두 눈에 담으며, 때론 가슴속에 새기며, 마음속만은 다른 누구보다 여유롭고 따뜻한 삶을 살아가고 싶다.

(2004년, 꽃보다 아름다운 가을날에)

제5부

〈단편소설〉 –
동심으로 돌아가다

넙죽이

빨갛게 익은 하늘과 간간히 뺨을 비벼대는 바람이 소녀의 얼굴을 물들이고 만다.

소녀는 가만히 누워 하늘 한 번 바라보고, 바람소리에 한 번 귀를 기울인다. 맴맴 울어대는 귀뚜라미소리와 쟁쟁거리는 풀벌레소리를 들으며 소녀는 이리 뒹굴 저리 뒹굴 초록빛 짧은 잎사귀들을 몸으로 비벼대고 데굴데굴 구른다. 소녀는 까맣고 짧은 단발머리를 바람이 귀찮게 한다며 바람을 꾸짖는다. 소녀의 단발머리처럼 까만 눈동자는 세상 모든 것을 다 빨아들일 것처럼 깊고 촉촉하다. 소녀는 풀냄새와 동물들의 웃음소리를 참 좋아한다. 그저 멀리서 모든 소리를 듣는 것을 좋아하고 혼자 상상의 나래를 펼

처가는 소녀는 또래의 아이들과는 다른 남모를 어둠이 소녀의 그림자를 밟고 있다.

소녀는 집 뒷동산을 참 좋아한다. 어렸을 적 증조할머니를 따라서 밤이며 도토리를 주우러 돌아다녔다. 소녀는 밤과 도토리보다 바람을 좋아했고 산의 냄새를 좋아했다. 할머니를 쫓아가다가도 그냥 풀밭에 누워 바람을 느끼고, 바람과 산과 늘 얘기를 하며 피식피식 혼자 웃고, 혼자 답을 얻어내곤 했다. 증조할머니께서 지병으로 돌아가신 걸 알 나이가 되었을 때 소녀에게 여전히 혼자 하늘을 바라보고, 바람소리를 들으며, 풀벌레들과 얘기하고, 마냥 자연의 모든 친구들을 좋아할 무렵 어색하고 어렵게만 느껴지는 상황이 찾아왔다. 더더욱 뒷동산을 찾아 바람과 풀벌레들과 함께 있는 시간이 길어질 무렵 소녀는 벌러덩 누워 하늘의 구름을 엄마 얼굴로 짜 맞추고 있다.

산 밑에서 친할머니께서 소녀를 부른다.

"다정아, 저녁 먹자!"

소녀는 크지도 좋지도 않은 목소리로 "네" 하고 대답한다.

소녀는 말없이 산을 터벅터벅 내려온다.

할머니께서 묻는다.

"우리 다정이 뭐 먹고 싶어? 우리 다정이 달걀 프라이 좋아하지?"

다정인 아무 말이 없다. 할머니 눈치 한 번, 어색한 새엄마 눈치 한 번.

마지못해 소녀가 대답한다.

"아니요. 할머니 저 배불러요. 아까 산에서 산딸기랑 머루랑 많이 먹었는걸요?"

할머니는 잠시 침묵을 지키신다.

소녀가 밥 한 공기를 다 못비우고 "잘 먹었습니다" 하고 일어서자 소녀의 할머니께서는 새엄마의 귓전에 대고 말한다.

"니년이 우리 다정이 니 배로 안 낳았다고 그 흔한 달걀 프라이 하나 안 해주고……. 니년이 그래도 우리 정씨 집안 며느리로 살아갈 수 있을 것 같애! 어디서 감히 니년이 우리 다정이를 멸시해! 썩어 빠질 년! 찔러도 피 한 방울 안 나올 독한 년! 에끼 이 년! 내가 저승 먼저 가면 니년이 우리 다정이 잡아먹고 말지……. 망할 년, 독한 년. 네 년이 니 서방 믿고 그러지? 네 이년, 우리 다정 아범 오기만 해봐라. 니년은 아주 우리 정씨 집안 피를 말릴 년이야. 암, 내가 알지. 암, 알다마다……."

소녀는 할머니의 푸념이 밉기만 하다. 새엄마는 자신에게 한 번도 싫은 소리도, 모진 소리도 하지 않았는데 할머니는 하루가 멀다 하고 새엄마를 잡아먹을 년, 망할 년 소리를 하고, 자다가도 소녀의 머리를 쓰다듬으며 눈물을 감추신다.

소녀는 잠시도 집에 붙어있기가 싫다. 늘 뒷동산에 누워 흘러가는 구름을 보며 어쩌다 비가 쏟아져도 피하지 않고 그 비를 맞으며 얘기만 한다. 소녀는 까맣고 깊은 눈동자로 하늘을 보며 가만히 하늘에 속삭이고 풀벌레들에게 말을 건넨다.

"착하고 이쁜 동생 한 명만 데려다줘……."

소녀는 언제부턴가 늘 입버릇처럼 하늘에 대고 말한다.

"바람을 닮은 동생을 한 명만 데려다줘……."

새엄마에 대한 할머니의 미움이 최고조에 달했을 즈음 키가 크고 깡마른 시커먼 사내가 집안마루에서 할머니를 금방이라도 쓰러트릴 기세로 막 몰아세우고 있었다.

소녀는 문밖에서 새어나오는 소리를 듣고서야 알았다. 그토록 보고 싶던 아빠가 오셨구나.

소녀는 쉽사리 대문을 들어서지 못한다. 집 앞에서 마냥 모든 상황이 정리되기를 기다리며 쪼그리고 앉아 하늘에게 묻고 또 묻는다.

"하늘아, 우리 집에 미움은 가버리고 사랑만 있게 해 줘."

그렇게 말하고 풀썩 주저앉아 이윽고 울음을 터트린다. 소녀는 소리 없이 조용히 어깨만 들썩거린다. 한 참을 집 밖에 앉아 흐느끼고 있을 무렵 느티나무처럼 따뜻한 그늘이 소녀의 어깨를 감싸 안고 소녀를 번쩍 들어안는다.

시커먼 사내…… 소녀의 아버지가 소녀의 얼굴을 부비며 볼에 눈물을 숨기지 못한다. 소녀는 그토록 기다리던 아빠의 숨결을 가만히 느낀다. 아무런 말도 하지 않고 소녀는 아빠의 눈을 들여다본다. 아빠의 눈망울이 많이 흔들리고 금방이라도 아까 본 하늘처럼 자신에게 무슨 말이라도 해줄 것 같아 마냥 바라보게 된다. 소녀가 아무 말 없이 한참을 아빠의 숨소리를 느끼고 가슴속에 담아 둘 때, 소녀의 아버지는 여느 때처럼 조용히 집을 나선다.

소녀의 아버지가 그렇게 집을 비운 뒤 몇 개월이 지났을 무렵, 소녀는 새엄마의 배가 자꾸 뚱뚱해져 오는 것을 본다. 소녀는 새엄마가 할머니랑 자기 모르게 달걀 프라이를 혼자 많이 먹고 있다고 생각하게 되고, 새엄마를 부러워한다.

그리고 몇 개월이 흘렀을 무렵 할머니의 핍박에도 불구하고 새엄마는 소녀가 하늘에게만 부탁했던 동생을 낳았다. 할머니께서는 사내아이라며, 우리 다정이 불쌍해서 어쩌냐며 저녁마다 소녀의 머리를 쓰다듬으신다.

그렇지만 소녀는 행복하기만 하다. 하늘이 자신의 소원을 들어준 것에 늘 감사하며, 아이를 어루만지고 가만히 들여다본다. 까맣고 깊은 두 눈이 소녀는 신기하고 한 없이 예쁘기만 하다. 소녀는 처음으로 새엄마에게 말을 건넨다.

"저기……. 고맙습니다. 이쁜 동생. 너무 이뻐요. 고맙습니다."

새엄마는 처음으로 소녀에게 웃음을 보인다. 소녀는 왠지 모를 새엄마에 대한 미안한 마음에 밤새 뒤척인다.

하루하루 늘 하늘과 친구하던 소녀는 하늘의 도움으로 바람 같은 동생을 얻은 뒤로 뒷동산에 올라가지 않는다. 늘 동생을 보고, 동생 손발을 만지고, 동생이 울면 젖병도 물리고 기저귀도 갈아주며 동생 곁을 떠나지 않는다.

그렇게 동생이 태어나고 2개월 정도 흘렀을 무렵 소녀는 초등학교에 입학을 하게 되었고, 소녀의 새엄마는 동생을 낳고 몸져누워한 번도 자리에서 일어서지 않았다.

할머니는 "늘 저년이 우리 정씨 집안을 말아먹지!" 하며 새엄마가 하시던 일을 대신하고, 소녀가 오기 전까지 할머니께서 소녀의 동생을 업고 노래도 부르고, 동네 어귀를 돌며 소녀를 기다린다.

할머니께서는 늘 소녀를 보며 말씀하신다.

"저 녀석은 우리 정씨 집안의 피가 아냐? 우리 다정이가 우리 정씨 집안의 대들보야. 다정이가 사내 아이였어야 내가 죽어서도 조상님들 떳떳하게 뵙지……."

소녀는 초등학교에 입학한 이후에 할머니의 푸념은 잊은 지 오래고, 늘 새엄마의 건강과 동생의 안부만 걱정이 되었다. 소녀는 자신을 끔찍이 위하는 할머니가 자신의 동생을 위협하고, 새엄마를 더 아프게 하고 있다는 생각에 늘 죄스럽다. 그래서 자신이 어떻게든 동생과 새엄마를 지켜야 한다고 다짐하고 있었다.

그러던 그 해 가을, 소녀의 아버지가 집에 돌아오셨다. 소녀의 아버지는 뼈만 앙상하게 남은 새엄마를 보며 눈물을 감추지 못하고 밤새 흐느껴 우셨다. 그리고 동생을 보며 기쁨 반, 슬픔 반의 눈으로 소녀의 동생을 보듬고 또 보듬고서야 소녀를 꼭 안았다.

"다정아, 이 애는 네 동생이야. 우리 다정이 동생. 우리 예쁜 동생 다소야."

소녀는 태어나서 처음으로 아빠 품에 안겨 밤새 울었다.

"아빠, 우리 다소 너무 이뻐. 새엄마와 하늘에게 너무 감사드려요. 아빠, 우리 다소 내가 훌륭하게 잘 키울 거예요. 아빠, 지켜보세요."

소녀는 그렇게 그 밤 아빠의 품에 안겨 동생 다소와 함께 잠이 들었고, 새벽녘에 아빠가 주섬주섬 새엄마 배게 밑에 무언가 넣어두고 나가시는 모습을 보았다. 소녀가 아버지 얼굴을 보게 된 것이 이날이 마지막이 될 줄은 아마 소녀의 친구 하늘만 알고 있었을 것이다.

그해 가을 초등학교 가을 운동회가 있었다. 새엄마께서 몸을 조금 추스르게 되어 할머니께 소녀의 운동회를 가보겠다며 간식 끼니로 고사떡과 물 한잔을 내드리고 동생을 업고 운동회를 보러 오셨다.

소녀는 달리기를 좋아했다. 늘 1등만 하던 소녀가 이날 처음으로 3등을 하게 되었다. 운동회 전날 꼭 1등을 해서 공책 다섯 권을 받아 오겠다 약속했는데 3등을 해서 한 권밖에 받지 못했다. 새엄마는 동생이 열이 있다며 소녀를 잠깐 보고 집으로 가셨는데 이때 소녀는 왠지 모를 불안감에 휩싸인다.

운동회를 파하고 동무들과 언니들과 함께 동네어귀를 들어설 무렵 소녀의 집 앞에 동네 사람들이 몰려 있는 것을 보았다. 별스럽지 않게 집에 가려는데 동네 아주머니들이 소녀를 붙들어 세우며 자꾸 언니들 손에 맡긴다.

소녀는 불안해서 뒤뜰 처마 밑에 쭈그리고 앉아 늘 하던 버릇처럼 하늘에게 물어본다.

"왜 그럴까? 하늘아, 나 너무 무서워!"

소녀에게 들리는 소리가 있었다.

"그 집이 터가 안 좋지. 다정이 생모말야. 그 욕심 많은 노인네가 잡아먹고, 그 정 많고 인심 좋은 다정이 애비 밖으로 내몰고, 스무 살 갓 넘긴 처녀를 다정이 새어미로 데리고 오더니 못 잡아먹어서 안달났잖아. 어휴! 결국 천벌 받은 게지, 쯧쯧. 그래도 천년만년 오래 살아 갈 것처럼 다정이 하나는 끔찍하게 챙겨주더만. 그렇게 어이없게 떡 먹다가 죽는 사람이 어딨다냐. 다 지 업보지, 업보. 아이고, 다정이 불쌍해서 어째. 다정이 그 새엄마……. 정도 없을 노친네 죽은 거 보고 어린 핏덩이 놔두고 그렇게 목을 메다니……. 아이고, 다정이랑 다소만 불쌍하지. 이제 핏줄이라고는 멀리 어디에 있는 줄도 모르는 제 아비랑 친 고모 한 명뿐이니 원……. 쯧쯧."

소녀는 아무 소리도 낼 수 없었다. 소녀의 두 볼에는 하늘에서 내리는 비처럼 물줄기가 끝없이 흘러내리고 있었다. 소녀는 한 참을 멍하니 하늘 한 번, 다소 얼굴 한 번, 새엄마 얼굴 한 번, 할머니 얼굴 한 번 그려보고 소리 없이 흘러내리는 눈물을 감추고 또 감추고 있었다.

소녀는 할머니와 새엄마 장례식이 어떻게 끝났는지도 모르게 혼란에 빠져 끼니도 먹지 못했다. 그저 동생 다소에게만 우유를 타 젖병을 물리고 물끄러미 동생 얼굴만 보았다. 소녀의 얼굴엔 아무런 표정의 변화도, 의욕도 찾아볼 수 없었다.

그해 겨울 소녀의 집엔 유난히 추운 겨울이 되었다. 흉작이었던 소녀의 동네엔 사람들의 관심이 소홀해지고 소녀는 동네 아주머니들 틈에 끼어 곰인형 눈을 달거나 스웨터에 단추를 다는 소일거리를 도와주며 동생 다소의 우유 값만을 간간히 벌어 생계를 유지해 나가고 있었다.

하루가 다르게 커가는 다소는 맑은 두 눈으로 소녀를 바라보며 한 번도 보채거나 성가시게 하지 않았다. 소녀는 다른 보통 아기들과 다른 동생이 안쓰러워 늘 가슴을 조아렸다.

동생 다소가 조금씩 커갈 때마다 소녀는 살아가는 기쁨을 동생 다소에게서 찾게 되었다. 다소에게 먹일 식료품과 옷가지를 사기 위해 소녀는 작고 여린 체구에도 불구하고 늘 악착같이 동네 소일거리를 돕고, 시내에 나가 찬거리도 팔며 근근이 생계를 유지해 나갔다. 그러면서 동생 다소가 커가는 것을 보며 소녀는 살아가는 기쁨을 느끼게 되었다.

다소가 세 살이 되었을 무렵 동네 또래 아이들은 다들 엄마, 아빠 하며 짧은 외마디부터 말을 배우는데 다소는 전혀 아무 말도 하지 않았다. 소녀는 답답하고 걱정이 되어 다소에게 말을 가르쳐 보고, 일부러 재밌는 춤도 춰보고, 다소 앞에서 재롱도 떨어 보았지만 다소는 웃음도, 아무런 말도 하지 않았다. 그래서 소녀는 동네 어르신의 도움을 받아 병원에 검사를 받으러 가보았지만 병원에서는 아무런 이상이 없다고 했다.

소녀는 그렇게나마 다소가 커가는 것에서 살아가는 기쁨을 느끼며 하루하루를 보냈다. 어린 나이에 온갖 고생을 다해가며 지내왔지만 다른 또래와 사뭇 다른 다소의 모습을 보면 소녀는 늘 가슴을 졸였고, 그럴 때마다 올려다보며 울었던 하늘에게 말했다.

"우리 다소, 말할 수 있게 도와줘."

그렇게 세월이 흘러 소녀의 동생 다소가 다섯 살이 되었을 때 소녀는 여전히 동네 소일거리를 끝내고 집에 돌아와 다소의 저녁상을 챙겨주고 있었다.

귀엽게 꽁알대는 강아지 짖는 소리가 나자 소녀는 귀를 쫑긋 세우고 다소를 안고 집 밖을 나가 보았다. 검푸른 옷을 입은 아저씨가 하얀 강아지를 품에 안고 소녀와 다소를 보며 웃고 있었다. 소녀의 동생 다소가 작은 목소리로 "멍멍이"라고 입을 열었다.

(2004년, 내 삶을 각색해 소설로 썼다. 하지만 동화 같은…….)

제6부

미연이의 생각

소녀의 기도

정적을 깨고 들려오는 나지막한 작은 떨림

밤새 작은 고사리 같은 손을 마주잡고

흔들리는 꿈결 사이로

도란도란 속삭이듯 들려오는 소녀의 작은 바람

오늘도 소녀의 바람이 이루어지길 바라는 마음에

빠끔히 가슴속을 들여다보지만

오늘도 소녀는

작은 고사리 손을 마주잡고 흐느끼는

작은 어깨를 뒤로 한 채

작은 바람을 속삭입니다.

(2001년 11월 26일)

사랑하는 나의 그분, 아니 그녀

세상에 태어나 소중한 사랑을 배웠다. 절대적인 사랑, 부모와 자식이 그러했다.

아니 일방적인 질주이다. 그분들에 대한 열렬하고 절절한 사랑을 받으며 살아가는 우리는 사랑을 당연한 이치라 받아들이며, 수도 없이 그분의 마음속에 매질도 하며, 큰 못들도, 작은 시침핀들도 가슴속이 헐도록 마구 힘들게 흔들어 놓고 있다.

절대적인 사랑이라는 것을 전제로 당연한 이치라는 것을 부전제로 내세우고 있는 것이다.

그들은 두려워한다. 자신이 베푼 절대적인 사랑이 노후에 그를 편히 쉴 수 있는 보금자리가 되어 돌아오기를 바라지만, 소망이 아니기를 의연하게 받아들이고 있다.

　가슴 저편에 두려움을 묻은 채 나는 다짐한다. 내 자신이 받은 절대적인 사랑은 그분에게 다음 생에 뵈었을 때 떳떳할 수 있게 가슴속에 안길 수 있는 사랑을 만들리라.

(1998년 3월, '엄마와 함께 달리는 차 안에서의 대화 중)

돈을 많이 벌면 뭘 하나

돈 힘들게 벌면 뭘 하나. 정말이지 지긋지긋한 인생이여, 힘든 삶이로다.

지겨움을 잊고 살고 싶다.

돈 걱정하지 않고 살고 싶다.

정말정말 날씬한 몸으로 자신 있는 마음으로 살고 싶다.

절대 거짓 없고, 늘 성실하며, 자신감 있게 살고 싶다.

모든 일에 최선을 다하며, 후회하지 않는 일을 해가며 살고 싶다.

어려운 사람을 돕고 또 도우며 내 영혼을 일깨우고 싶다.

남을 아끼고 칭찬하며 절대 뒤에서 헐뜯지 아니하고 칭찬할 수 있는 편안한 가슴으로 살고 싶다.

　늘 한결같은 마음으로 단 한 사람만을 사랑하며, 챙겨주며, 함께 남은 일생을 아끼며, 평화롭게 살고 싶다.

　정말 예쁜 아기와 함께 이 세상의 모든 역경을 이겨내며 살고 싶다.

(1998년 3월)

종희(쫑이를) 생각하며 1

　지겹도록 반복되는 생활들 틈에 한 가지의 행복을 찾아 살고 싶다.

　늘 똑같은 일을 한다 한들 생각하기 나름. 정말 행복한 마음과 즐겁게 모든 이를 대한다면 내 마음 또한 룰루랄라 행복해질 수 있으리라……. 히히…….

　세상에 많은 사람 중에 나와 인연을 맺은 사람은 운명의 끈이라는 것일까?

　세월이 빠르다는 걸 알지만 어느새 졸업한지 2년이 다 되어간다. 신기하다. 이렇게 시간이 많이 흐른 만큼 우리 친구들 말고도 영원을 약속한 다른 친구들도 흔들림이 많은가보다.

다른 친구들은 우리를 부러워하지만 과연 우리는 그 부러움을 살 수 있는 친구가 될 수 있다는 말인가?

우리도 떠날 수 있다고. 아니 떠나버린. 아냐, 어쩜 떠나보낸 친구 J이가 있는데, 그래서 맘 한구석이 무겁기도 한 날이 있는데, 과연 그럴 부러움을 부끄럼 없이 자랑스럽게 여길 수 있다는 말인가? 어제 정희의 말처럼, 정미의 말처럼 머릿속이 뒤죽박죽 엉켜버렸다.

가슴 한구석이 빈 내 마음은 좀처럼 나조차 이해하기 힘겹다.

하루에 몇 번이고 떠오르는 그 애 모습과 함께한 추억들은 좀처럼 잊히지 않고 나를 어지럽게 하지만, 막상 그리워지면 친구들이 먼저 신의를 저버린다. 그래서 정말 손 가는 대로, 마음이 끌리는 대로 너에게 전화를 해 들어본 너의 목소리는 차갑게 느껴지더라.

약간은 시간이 흐른 탓인지라 어둡고, 냉정하고, 어색함이 느껴지는 너의 목소리는 더 이상 내가 예전에 느끼던 네가 아님을 내 자신에게 일깨워 주는 것이었을 뿐이다. 사실 나에게 있어 너는 절대 평범하지 않은 소중한 친구였음을 확인하고 싶었고, 그런가 하면 나는 너에게서 또 하나의 나를 발견했을지도 모르는 일이다.

사랑하는 친구, 1년여의 시간동안 떨어져 있던 시간이 괜한 시간이 아니란 걸 알았다. 4년을 함께했어도 결국 1년의 허전한 공백을 채울 수 있는 건 이제 아무것도 없어. 그 누구도, 이젠 내 자신마저 그럴 용기가 없다.

이젠 끝이 보이기 시작했으니깐 그렇지만 정이란 무서운 거…….

(1998년 8월 15일,
고등학교 3년 내내 붙어다녔던 소중한 친구 이종희를 생각하며)

종희(쫑이를) 생각하며 2

 정말 미안한 마음뿐이다. 정말 사람의 마음이란 건 그 누구도 쉽게 지배할 수 없는 것인가 보다. 사랑하면서 정들은 친구의 우정 또한 얼마나 무서운 것인지 새삼 알게 되었다.

 그토록 맘고생도 많이 했는데. 이젠 잊을 때도 되었고 많이 아파한 만큼 미운 정보다는 그로 인해 사랑이 더 깊어진 것일까? 정말 진정한 우정이란 건 사랑하는 친구들을 그 누구와도 바꿀 수 없는 것. 이제 내겐 남은 너희를 지키는 일만 남은 거야. 사랑하는 친구들아.

(1998년 8월 26일)

친구

내가 필요로 하기 전에 늘 먼저 내 옆에 함께해 줄 수 있는 친구
늘 털털하게 웃으며 내 가슴속을 따뜻하게 만들 줄 아는 친구

내 맘을 진심으로 헤아릴 줄 알고, 따끔한 충고도 서슴지 않는 친구
진심으로 날 걱정해주며 아껴주는 친구

그 마음을 읽을 수 있고, 눈으로 보이게끔 하는 친구
아니 늘 '꽉꽉' 가슴으로 느껴지게끔 날 행복하게 하는 스토커 친구

난 그런 친구를 얻었기 때문에

세상 그 어느 누구보다도 사랑하기에

난 세상에서 가장 행복한 사람입니다.

세상 그 누구도 부러울 것이 없는 행복한 사람입니다.

아! 행복해~

(2001년)

모두 건강한 정신을 가졌으면 해~

유난히도 오늘은 친구가 밉기만 하다. 그래서 삶이 싫어진다.

돈에 찌든 냄새를 풍기며 자신의 나이도 잊고 무섭게, 그리고 악착같아 보이는 아이.

그렇게 잘난 체하며 자랑하고 싶어서 안달 난 아이.

싫어진다. 아니 더 솔직해지자면 네 곁을 떠나버리고 싶다. 지긋 지긋 머리가 아픈 것도 싫지만 돈독이 올라 욕심 많고, 시기하고, 이중성이 완벽한 그 아이를 더 이상은 보고 싶지 않다. 정말 싫어!

아무리 힘든 삶이라 해도 자신의 몸을 술에 맡기다니……

그런 모습에 넌 의지라고 하겠지?

여러 사람 다치게 하고, 힘들게 하고, 어쩔 땐 정말 질려버리게

까지 만드는 아이.

내가 너의 이런 걸보자고 곁에 남아있었던 건 아니었는데. 힘들 땐 옆에서 힘이 되어 줄 수 있는 친구가 되어 주고 싶었고, 힘든 너를 바로 잡아주고 싶었는데. 작은 힘이라도 되어 줄 수 있다면 하고 바랐는데…….

그렇지만 너의 힘든 모습보다 술에 취한 모습이 더 보기 싫어. 그래서 이젠 널 보고 싶지 않아. 아니 망설여져. 처음엔 재미있게 있다가도 나중에 끝없이 변해가는 술 취한 네 모습을 마주하게 될 때면 얘가 나쁜 아인가? 어, 이런 게 아니었는데…….

걱정되는 너의 모습을 보면 충분히 힘든 거 알아. 알지만 내가 볼 땐 행복한 투정이야. 힘들다고 그렇게 술과 함께하면 이 세상에 모든 사람은 다 술로 인해 병들고 말았을 거야. 이건 아니야. 난 아니라고 봐. 남자도 술 먹고 자기 감당 못하는 거 보기 싫은데 더구나 여자가, 그것도 내 친한 친구인 네가. 그러면서 술 먹을 때마다 매번 변해가는 네 모습이 싫어. 정말 나도 싫고, 너도 싫어.

대부분 핑계일 뿐이고 아직 힘든 게 무엇인지 모르기 때문이야.

너 힘들어서 술에 취했을 때 내가 해줄 수 있는 건 따뜻한 위로의 말, 아니면 따끔한 충고였는데 술에 취한 너의 뒤치다꺼리뿐이었어. 이젠 그러지 않았으면 해.

정말 힘들 때 난 기댈 사람이 없어. 너희 모두 제각기 힘들기만 하다고 하면 정말 내가 힘들고 친구가 필요할 때 나는 어떻게 해야 하는 걸까? 자신이 없어. 점점 더 없어져. 너를 만나기가 꺼려지고, 만나면 뒷일이 걱정되고. 늘 어두운 그늘이 있는 너의 모습 또한 두렵고 힘겨워.

힘들어서 나에게 기대는 너이겠지만. 그럼에도 불구하고 너에게 아무 힘도 되어주지 못하는 그런 나의 마음도 참으로 힘들고 벅차다. 그럴 때마다 매번 느끼는 거지만 난 어떻겠니? 내 모습은 또 어떻겠니? 나도 힘들어져. 좀처럼 나아지지도 않고, 어둠에 갇혀있는 너를 대할 때면 말이야.

쉬고 싶어. 머릿속이 너무 무거워. 나도 너만큼 힘들어. 우리 집도 행복한 건 아니야. 늘 돈 때문에 걱정이고. 자주 신경전을 벌이기 때문에 결코 행복이란 걸 찾을 수 없을 지도 모르는 우리 집이야.

그런데도 나는 너처럼 그렇지 않잖아. 쉽게 망가지고 흐트러지지 않잖아. 생각하고 실행하기 나름인 거야. 사랑에 굶주린 것도 핑계야. 나야말로 어려서부터 사랑을 아예 받지도 못하고 자랐는데…….

그건 아니야. 그래, 이런 건 아니야. 각자 자신의 소중한 삶이 있는 거고. 올바르게 헤치고 나가야 하는 거야. 건강한 정신을 가졌으면 해. 우리 모두…….

(1999년 7월 30일)

그 무엇과도 바꿀 수 없는 값진 보물

친구의 소중함이 무엇인지, 친구의 빈자리가 어떤 것이었는지 이제 비로소 느끼게 되었다. 그간 내 자신이 얼마나 경솔했으며, 어리석었는지 뒤늦게 깨닫는다.

이제 가슴속에 경종을 울리는 친구를 찾을 수 있었다. 왜 그래야만 했을까 하며 먼저 그 친구의 맘을 헤아리기보다는 어리석게 앞뒤재지도 못하고 순간의 기분에 휩싸여 그 친구를 단정지어버리고, 그 친구의 맘을 아프게 했다.

난 정말 바보처럼 그 친구의 마음을 아프게 했었다.

생각해 보면 난 정말 바보였고, 나빴던 거야.

그래서 말인데 이젠 절대 그러지 않을 거야. 두 번 다시 혼자라는 생각도, 힘들다는 생각도, 다른 누구의 말도 귀 기울이지 않고 오로지 너의 말만 믿고 이해할 거야. 그러면서 널 지켜줄 거고, 절대로 힘들게 하지 않을게.

사랑하는 나의 친구야! 이제 다시 내 곁에 선 너를 영원히 외롭거나 슬프게 하지 않을 거야. 언제, 어디서든 맘과 몸이 함께 할 수 있는 친구가 되게 할 거야.

달라질게, 그리고 노력할게……

사랑스런 고마운 친구……

너에게 내가 고마운 친구이듯이 나 역시 넌 내게 있어 고마운 값진 친구인 거야.

친구야! 넌 내게 값진 보물이야. 그 무엇과도 바꿀 수 없는……

(1999년 9월 23일)

미연이의 생각 1

이 세상에서 가장 소중한 것이 무엇이냐 묻는다면 난 당연히 '믿음'이 가장 중요하다고 말하겠습니다.

그런 소중한 믿음을 만들어 가는 건 바로 '나' 자신이기에 세상을 살아감에 있어 풍족한 가슴과 따뜻한 마음이 있다면 굳은 의지와 믿음으로써 주위에서 늘 많은 사람과 함께할 수 있는 '사랑'이 충만하게 될 것입니다. 때문에 나는 세상에서 소중한 존재이고 버려질 수 없는 위엄이 있고, 늘 따뜻한 가슴이 있는 것입니다.

"행복이란, 인간이 바라던 일이 성취되었을 때 찾아오는 것이 아니라 그 반대로 끝없는 욕망을 버렸을 때 얻어지는 것이다. 욕심을 버리면 더 많은 평화와 행복이 찾아오게 된다."

"누구 때문이라는 것은 없는 거야. 모든 거야. 다 날 위한 일이
지."

(2001년 11월)

미연이의 생각 2

이제 어느덧 2001년도 한 달하고 8일만 있음 '쫑'이다.

이렇게 허무한 2001년도 마감을 하는구나……

지난 한 해 동안 난 무엇을 했을까? 이루어 놓은 거라고는 정말 하나도 없다. 늘 그랬지만 말이다. 바보마냥 철없이 돈만 쓰고 다녔다.

왜 그랬는지는 나도 모른다. 무엇이 날 이토록 변하게 만들었는지는 나도 모른다.

그냥 생각하기 싫다. 어차피 지난일이라 생각하면 머릿속이 훨씬 가벼워질 거라는 노파심에 지금 내 자신을 다스리는 중이다. 글쎄 내년에는 다르게 살게 되지 않을까?

아주 막연하게 생각해본다. 아주 막연한 생각, 철없는 생각, 짜증을 동반한 투쟁.

이젠 정말이지 지겹다. 신경쇠약에, 소화도 안 되고, 눈과 손과 발과 얼굴이 팅팅 붓는다.

이제 시간이 지나면 하나둘씩 정리될 건 정리되겠지. 그렇겠지.

제일 먼저 정리돼야 할 건 살, 카드값.

필요한 것들은 돈, 사랑.

– 알 수 없는 인간들 –

서로를 시기하며 자신에게만 맞춰주길 바라는 것일까?

왜 다들 어리석은 일들을 반복하고 또 반복해서 다치는 것일까?

왜 바보마냥 자신의 잘못을 뉘우치지 못하는 것일까?

(2001년 11월)

추운겨울

따뜻한 기운이 가시면
쌉싸늘한 냉기가 주위를 감돈다.
가늘 가늘 구름타고 바람의 손을 잡고
뭉게뭉게 부푼 꿈을 안고
내 가슴 안쪽을 비집고 들어와
한 귀퉁이에 자리 깔고 앉는다.

이제는 혼자라 싫은데
이제 덜 외롭고 싶은데
한사코 사양을 해도 들어와 버린다.

사는 게 이러니 저러니 속상하다.

푸념을 늘어놓아도(푸념해도)

어렵사리 오랜만에 찾아온 거라며

까슬까슬 차가운 바람만 한줌 남기고

외로움이라는 친구란 놈만 남기고

철저하게 날 혼자 내버려 두고

혼자 서는 연습을 시키고

혼자 남는 법을 가르치고

홀로 설 수 있는 용기는 주지도 않고

다시 따뜻한 기운이 올세라 분주히 떠난다.

(2001년 11월 23일)

바보인생 1

진짜 버는 건 어려워도 쓰는 건 정말 쉽게 써버린다.

어쩜 이럴 수가. 도대체 먹는 데에다 얼마를 써버린 걸까?

미친 게지……. 제정신이 아닌 게지…….

이제 지쳤어. 정말 지겹다.

집구석에 가만히 처박혀있어야지.

나가면 돈이니 원. 재벌도 아니고.

원 이게 사는 건지, 이렇게까지 해가면서 살아갈 필요가 있는 건지.

하나님의 축복이 있기를 간절히 기도드립니다.

저를 버리지 마시기를…….

(2001년 11월 23일)

바보인생 2

똑같은 시간 속에서 똑같은 사람들과 똑같은 곳에서 삶을 영위해 나가는 미연이는 바보입니다.

다른 인생을 꿈꾸려 하지 아니하고 낯선 곳을 두려워하는 미연이는 바보입니다.

자신의 단점이 무엇인 줄 알면서도 고치지 못하는, 생각조차 바꾸지 못하는 미연이는 바보입니다.

오늘도 난 틀에 박힌 시간 속에서 바보 미연이 생활을 충실이 이행합니다.

누가 좀 말려줘요

　지쳐가고 있다. 변화 없이 반복되어 가고 있는 내 삶에 내 자신이 힘에 겨워 병들어 가고 있다.

　이젠 달라져야 하는데, 다른 삶을 다시 꿈꾸려 해도 이제는 약간의 용기도 없을뿐더러 변화된 삶의 희망도 미처 보이지 않는다.

　정말 힘들고 기막힌 삶이로다.

　어이없는 삶이로다.

　이렇게 만사가 귀찮고 삶이 무료할 수 있는 것인지……

　정말 어이없는 삶이로다. 어이없는 삶이로다.

　미쳐버리고 싶을 때 미칠 수 있는 것이 가장 안전한 삶일 것이다.

적어도 나는 그렇게 생각하고 싶다.

정말이지 너무너무 어이없고 황당한 삶이로다.

지금은 아무도 만나기 싫고, 생각도 하기 싫고, 얘기하는 것도 귀찮고 만사가 짜증이 난다.

그냥 지금은 그냥저냥 하루를 보내는 것도 힘겹다.

다만 조용히 혼자살고 싶을 뿐.

* * *

저녁에 유흥문화를 뿌리치고 일찍 일찍 집에 귀가하는 것이 나의 소망이요, 바람입니다.

정말이지 찌들어가는 내 생애를 구하고 싶습니다. 구제하고 싶습니다.

미쳐가는 삶에서 구애의 손길이 닿기를 바랍니다.

(2001년 11월 26일)

미쳐가고 있는 것인가?

정말이야. 내가 살아가고 있는 세상 속에서 나는 미쳐가고 있는지도 모른다.

아니 미쳐가길 바라고 있는 것인지도 모른다.

그래그래, 그런 것이었는지도 모르지.

왜 이렇게 얽히고설켜서 세상을 어렵게 바라보게 되었는지는.

어리석은 내 삶의 휴식처는 어디에 있는 것인지, 이대로 모든 것이 멈춰버릴 것인지, 그냥 나 하나, 내 인생 하나 뒤죽박죽 엉켜버린 세상 속에 맡겨버리면 되는 것인지……

(2001년 12월 1일)

소녀를 사랑하기까지는

나는 소녀를 사랑합니다.

예쁘지는 않지만 깨끗한,

때 묻지 아니한 소녀의 새하얀 마음을 사랑합니다.

자신을 지킬 줄 알고 아낄 줄 아는

소녀의 순결한 마음을 사랑합니다.

(2001년 12월)

힘들기 만한 인생

이렇게라도 살아가야 할 이유가 있는 것인지

힘들기만 하다 생각되는 세상을

견뎌내기 버거운 세상인걸

이미 내게는 등을 져버린 지 오래된 세상인걸

무엇 하나 제대로 된 것 없이

삐뚤어져가는 마음만 바라볼 수 있는 세상인걸

세월이 흐른다 해도 내 앞에서는

이미 멈춰버린 세상인걸

내 자신을 탓하기 전에 남에게

뒤집어씌우기 바쁜 세상인걸

엎치락뒤치락 서로의 고민을 나누며

돈독한 우정을 쌓는 시간이 술에 쩌들어

망가져가는 인생의 세상인걸

머리위로 모든 것이 무너져가는 세상 속에

내 세상이 놓여 있는걸

복잡하고 난무한 세상이 내 안의 세상이 돼버린 세상인걸.

(2001년)

단 하루를 살지라도

"단 하루를 살지라도 항상 바르고 정직하게, 자신 있게, 밝게, 알뜰하게 베풀고 나누며, 사랑하며 살자."

(2001년)

삶이란?

"겸손하되, 자만하지 않고

성실하되 게으르지 않고

정직하되 거짓이 없으며

남을 먼저 생각하되

자신을 아낄 줄 알 것이며……"

(2001년)

사랑한다고 말해주세요

이 추운 겨울이 가기 전에 따뜻한 마음의 손난로가 되어주세요.

꽁꽁 얼어붙어버린 내 마음을 따뜻한 우유 한 잔으로 녹여주세요.

(2001년)

사랑하는 친구란?

많이 있을 필요도 없습니다.

그저 늘 같은 자리에서 지켜줄 수 있고, 곁에 있다는 것만으로도 가슴 한구석이 든든할 수 있다면 그것만으로도 친구의 의미는 결정된 것입니다.

거기다 서로 믿고 의지할 수만 있다면 세상 살아가는 데 아무런 큰 기쁨이 없어도 가슴 한구석이 늘 따뜻할 수 있을 것입니다.

아무 때고 전화해서 편하게 수다 떨 수 있고, 언제 어디서 만나도 편할 수 있고, 가까이 할 수 있는, 조금의 거리낌도 없이 대할 수 있는, 벽이 없는 나만의 친구. 그것이 친구인 것입니다.

(2002년)

세상을 살아가는 이유

이 세상에서 가장 아름다운 사랑을 하고 싶습니다.
이 세상에서 하나뿐인 유일한 사랑을 하고 싶습니다.

이 세상에서 소중한 당신을 만나 처음처럼 설레는 마음으로 평
생을 함께할 수 있는 마지막 사랑을 하고 싶습니다.

이 세상에서 이 세상을 가장 아름다운 세상으로 바라볼 수 있
는 당신의 두 눈을 통해 비춰보고 싶습니다.

이 세상에서 이 세상을 가장 아름다운 세상으로 바라 볼 수 있

는 눈을 통해 비춰보고 싶습니다.

　이 세상에서 이 세상에 당신이 존재하는 날까지 당신 곁에 있을
수 있는 사람이 나일 수 있었으면 좋겠습니다.

(2001년)

미움은 용서에게 방 한 칸

힘든 하루가 지나갑니다. 마음속의 미움에게 방 한 칸만 내어주면 되는 것을 그것이 생각처럼 되지 않아 미워하고 또 미워하고, 증오하고 왜 그럴까…….

시간이 가면서 마음속에 미움만 커져갈 뿐 미움에게 내줄 방한 칸은 멀어져 간다.

사랑 하는데 미움이 있기에, 아니 사랑하기에 미움이 생기는 것은 사랑이 계속 내게서 멀어져가기 때문 아닌가. 결국 내게 남겨지는 것은 외로움…….

어디서부터 이 매듭을 풀어야 할지 시간이 지나간다 해도 이렇게 무작정 정해진 시간 속을 흘러가듯 내 안의 미움도 흘러가는 것인가?

(2004년 3월 24일)

저는요?

이름은 장미연

속뜻 : 베풀면 아름다운 인연을 만난다(베풀 장, 아름다울 미, 인연 연).

키는 165cm, 몸무게는 매일 쪘다, 빠졌다, 부었다가 꺼졌다 가……. 먹음 찌고, 안 먹음 조금 빠지고, 조금만 먹어도 막 찌고. 그래서 많이 먹는다.

〈가족관계〉

엄격하고 많이 무섭지만 이젠 나이가 드셔서 많이 봐주시고 가끔 무엇인가를 사오라고 하신다. 예를 들어 생선, 사골, 고기 등

등. 아주 귀여우신 울 아빠, 한 번도 말은 못했지만 "사랑합니다."

영원한 내 절친한 친구이자, 보호자이자, 삶의 안식처, 한없이 주고 또 주시고, 감싸주시고 이해해 주시고, 참고 또 참아주시는, 내가 늘 아침마다 수다 떨면 웃어주시는 나의 보물인 엄마입니다. 엄마가 있어 미연이가 얼마나 다행인지, 아빠만큼 아니, 그보다 더 엄마를 사랑하지요. '연예계 박사'이기도 하지요. 요즘 연예계 소식을 엄마를 통해 듣곤 하니까. 이젠 나이가 많이 드서가는 걸 뼛속으로 느끼게 하네요. 매사에 부지런하시고, 열심히 절약하시는 엄마를 소중하게 생각합니다. 엄마처럼 살게 된다면 아마 전 뼈만 남을 거예요.

마지막으로 의젓하면서도 귀여운, 철이 잔뜩 든 내 동생 동은이. 잘 먹어서 그런지 한창 위로 부쩍 크더니만 이젠 위로 다 커버린 걸까? 이제 옆으로 쪄서 걱정이다. 만날 나랑 내 배가 더 나왔네, 자기 배가 더 날씬하네. 너무 귀여워……. 어려서부터 내 고민 들어주고, 지금도 내 얘기 다 들어주고, 나랑 얘기하는 걸 좋아하는 동은이. 집에 일찍 들어갔을 때 동은이가 없으면 너무 적적하다. 단점이라면, 동은일 위해 돈을 많이 벌어야 한다는 누나로서의 압박감이랄까? 어쩜 그리도 갖고 싶어 하는 게 많은지, 그것도 눈은 있어 가지고 비싼 것, 명품만. 귀엽게도 분수를 알고 이미테

이선 가품을 착용하긴 하지만 그것도 조금 안쓰럽다. 하지만 어릴 때는 다 그런 거지 뭐. 암튼 내 귀여운 동생, 하나밖에 없는 내 친구이자 동생이지. 근데 어쩜 그리 내가 말하면 그렇게 잘 웃어주는지 너무 좋아!

(2004년 5월 13일)

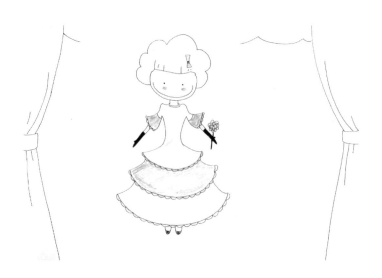

미연이가 좋아하는 것들

- 좋아 하는 것 : 우유^^*, 사람, 분홍색(분홍색은 뭐든 다 좋더라), 샐러드, 브로콜리, 땅콩, 쥐포, 두부, 토마토, 생선, 복숭아, 고추무침(엄마가 해주시는 고추를 쪄서 밀가루를 두르고 양념장에 묻혀서 앙~~). 그래도 뭐니 뭐니 해도 '머니'가 제일 좋은 것 같다.

- 싫어하는 것 : 거짓말, 예의 없는 것. 흠, 사기꾼이 생각나는군……. 자기밖에 모르는 이기주의들, 영어, 살, 기다리는 것 등

(2004년 5월)

행복할 권리

사람은 누구나가 행복할 권리가 있다.

그 행복은 나를 누군가가 만들어 주는 것이 아니다. 바로 나 자신이기에 행복하기 위해서는 항상 행복할 수 있는 긍정적인 마음가짐, 밝게 웃을 수 있는 자신감이 필요한 것이다. 그리고 베풀 줄 아는 너그러움, 풍족한 가슴속에 담긴 여유…….

(2005년 1월 19일)

남을 용서하지 못한 사람

남을 용서하지 못한 사람은 기도할 수 없습니다.

나를 용서하지 못한 사람은 웃을 수 없습니다.

남과 나를 용서하지 못한 사람은 사랑할 수 없습니다.

아는 사람만이 기도할 수 있고, 웃을 수 있고, 사랑할 수 있습니다.

뒤에는 기쁨과 평화와 아름다움이 어깨동무하며 따라옵니다.

(2005년 2월)

세상에 묻혀버린 숫자

나를 세일해야 하는 나이

비굴하고 잔인한 나이

헐값에 나를 넘겨야 하는 나이

나이 먹는 것이 두려운 나이

내 자신에게 자신감이 결여되는 나이

정말정말 하루하루 절망이 쌓여가는 나이

비관하고 싶은 나이

힘든 하루가 가고 힘든 스물다섯의 내가 저물어 갑니다.

누구를 만나기가 두려워지는 나이가 되어갑니다.

그저 자신이 한없이 작고 또 작게만 느껴지는 힘겨운 내가 되어
갑니다.

(2005년 2월)

'마몬'(콘스탄티) 영화를 본 후

미쳐가고 있다는 거. 이승에서 여러 사람들과 섞이고, 어울리고, 사랑하고, 시기하며 삶의 한 귀퉁이에 섰을 때 생의 마지막 시간을 함께하고 싶은 자가 있다면, 사랑을 해야 할 거라면 머릿속에 별별 생각이 다 들었을 것이다. 물론 마몬적인 생각이 가득 차있겠지. 너무 이기적이고 편협한 생각, 그냥 다 모든 게 섭섭하고, 기분 나쁘고, 외톨박이 같다는 생각이 드는 것이지. 왜 그런 생각이 들고, 들어야 했는지는

지금 내 주어진 시간에 불만족하고 투덜대다 보니 여러 사람들에게 짜증이 나고 미움의 방에 사람을 가두려하는 것이다.

(2005년)

그 시간 속을 되돌릴 수 있다면

바람 부는 날 내 맘이 몹시 춥던 초봄, 우울한 하루를 보내고 무엇인가 할 일이 없어서 고생고생 맘 한편이 아리던 늦은 오후, 정신 나간 사람처럼 무엇인가를 보고, 사들이고, 방황하고, 외로움에 목이 말라 해매이던 초봄 저녁이 이제는 싫다.

살갑던 사람 냄새가 그립고, 정겹던 사람 냄새가 그립다. 늦은 저녁, 날이 새는지 모르고 기울이던 술잔이 그립고, 젊은 시절 건강한 육체를 무기로 새벽을 열어가던 스무 살 초반의 객기가 그립다.

누군가의 고민을 내 일처럼 신심으로 느끼고, 가슴 아파하고, 사랑하던 여린 내 가슴이 그립다.

그 시절, 그 시간 속을 되돌릴 수 있다면 내가 가야 할 곳이 있다면……

(2005년 3월 7일 월요일)

밝게 웃는 모습이 예쁜 여자

치아가 고르고 새하얗게 빛을 발할 줄 아는
큼직큼직한 이가 고르고 단아한 입술에
작으면서도 도톰한 매력적인 입술
함부로 남의 말을 입에 담기를 거부하고
품위 있게 굳게 담은 입술에
도도함이 베어 나올 수 있는 도도한 여자

당당한 여자
기품 있는 여자
사랑하고픈 여자

다소곳하면서 지적인 여자

똑똑한 여자

사랑하고픈 여자

상대방의 얘기를 잘 들어주는 여자

사랑하고픈 여자

톡톡 튕기는 매력이 있는 여자

사랑하고픈 여자

자신을 잘 가꾸는 여자

겸손한 여자

긍정적인 여자

웃어른을 공경할 줄 아는 여자

사랑하고픈 여자

늘 예의 바른 여자

검소한 여자

사랑하고픈 여자

쇼핑중독

세상에 이쁜 옷 신발 가방 등이 얼마나 많든가
사람들은 느끼나 이쁜것 등등 모든것을 소유하고
갖고싶어한다. 그러나 갖고싶은 것을 모두 갖을수
없듯이 사람들은 그것을 소장하기 위해 수단과
방법을 가리지 않고 노력한다. 때로는 정당하게
땀흘려 얻은 댓가를 통해 소장하기도 하고
때로는 부정한 방법을 동원하여 소장하기도 한다.
But 이런들 저런들 사람들의 그 욕구는 쉽게
해결되지 못한다. 한번가면 얻고 나면 더 큰것을
얻으려하고 점점 더 많은 것을 얻고 싶어한다.
나역시 보다 낳은 좋은 것을 갖으려 얻으려
노력을 하는편이다. 물론 갖고 본다고
모든 욕을 수는 없지만 사고 싶은 욕구를
발견하고 그것을 얻지 못한다면 잠도 못 이룰
정도로 소유욕이 강해진다. 물론 갖고 본 연후에
나빠지면 좋겠다 안받지만 아니 저대부구
막지야 어딘 갖볼까나 이쁜것을 발견한
즉시 바로 그 욕망에 들어간다. 그래서
발견했잖아 물건보 사게되고 그때마다 때로는
후회가 어쩐 후회를 하게된다 아니 보다
정낙하게 말하자면 나란 인간에 대하여
한심한 야망으로 질타를 하게된다. (반성)
사람이란 사람이란.. 소유욕이란 때로는
무섭게 돌변하는 히한덩어리가 아쏰가한다.

쇼핑중독

사람들은 누구나 예쁜 모든 것을 소유하고 싶어 한다. 예쁜 옷, 신발, 가방, 액세서리 등등.

그렇지만 그것들을 소장하기 위해선 수단과 방법을 가리지 않고 노력을 해야 한다. 때로는 정당하게 땀 흘려 얻은 대가를 통해서 소장하기도 하고, 때로는 부정한 방법을 동원하여 소장하기도 한다.

그러나 이런들, 저런들 사람들의 구매 욕구는 쉽게 채워지지 않는다. 작은 것을 얻고 나면 더 큰 것을 얻으려하고, 점점 더 많은 것을 얻고 나면 또 더 큰 것을 얻고 싶어 한다.

나 역시 보다 나은 좋은 것을 갖고자 노력하는 편이다. 물론 갖고 싶은 것을 모두 얻을 수는 없지만 싸고 좋은 물건을 발견하고, 그것을 얻지 못하면 잠을 못 이룰 정도로 소유욕이 강해진다. 물론 갖고 싶은 것이 비싸면 쳐다보지도 않지만, 아니 쳐다보고 말지만 일단 값싸고 좋은 예쁜 것을 발견한 즉시 바로 구매에 들어간다.

그래서 불필요한 물건을 사게 되고, 그래서 때로는 후회 아닌 후회를 하게 된다. 보다 정확히 말하자면 나란 인간에 대하여 한심한 인간으로 질타를 하게 된다.

사람의 소유욕이란 때로는 무섭게 돌변하는 허황 덩어리가 아닐까 생각해 본다.

(2005년 1월)

세상이 나를……

세상이 나를 등질지라도 세상이 나를…….

세상이 나를…….

연기자 이은주 씨가 자살을 했다.

단아하면서 도도해 보였던 그녀의 자살이 실로 충격이 아닐
수 없다.

동양적인 눈매와 깔끔한 인상, 적당한 체구에서 뿜어져 나오는
그녀의 카리스마 넘치는 흡입력은 실로 대단하였다.

자살을 하면 천국으로 갈 수 없다고 했는데, 그녀가 자살을 택
한 이유는 실로 다른 이유가 있었으리라…….

(2005년 어느 날)

원시인

내게 지금 절실한 무엇이 없기에 이렇게 무기력해져 가는지도 모르겠다.

고갱이 더 많은 고독과 예술을 위해 타이티섬을 찾았던 것처럼 나도 절실한 무엇인가를 찾아가기 위해 다른 도전을 해야 할지도 모른다.

지금 내가 무엇 앞에 이렇게 망설이고 어리둥절 헤매야 하는지 그 이유를 찾고 싶다.

내가 돌아가야 할 곳을 찾아야 한다.

(2005년 4월)

이승이 아닌 세상

우연한 소리, 무어라 해야 할까.

심상치 않은 겸연쩍은 소리.

어제 오후 8시경의 일이다. 집에 가는 전철을 타고 화정역을 지나면서 전철이 교차되는 순간 들리는 소리, 누군가 부르는 소리 같았다.

순간 그 소리가 살갑게 느껴졌다. 혹시 사람들이 이런 소리에 자살을 하게 되나?

사람들은 어떻게 하다가 자살을 결심하게 되고, 이를 실행에 옮길까?

내게 있어 생이 끝난다면 무척이나 허무할 거 같다.

내가 죽게 되면 슬퍼하는 이들이 많을까? 없을까?

그냥 그렇게 잊히겠지.

만약 내가 죽으면 우리 아빠 역시 돌아가실 거야. 밥 한 술 드시지 않고 술로만 살아가시겠지.

엄마는 잘 사시겠지.

끝까지 불효한 독한 년이라고 나를 원망하며 살아가시겠지.

동생 동은이는 자기 뭐 사달라 할 곳이 한 곳 줄었으니 그것이 못내 아쉬울 뿐 아무런 고통도, 감각도 없을 거야. 그 엄마의 그 아들이니까.

(2005년 3월 16일)

불

　알 수 없는 시간에 산불이 났다.

　강원도에서 무서운 불길을 잡지 못해 내게 작은 추억이 있는 낙산사의 문화유적지까지 홀랑 태워먹은 그 무서운 불. 순간 아찔했다. 일명 도깨비불이라 일컫는 그 불로 인하여 수많은 재산과 인명피해를 냈다. 다시금 복구되기 위해서는 50여 년의 시간을 기다려야 한다.

　불이란 참으로 고맙고도 무서운 존재. 이 불씨를 잘 이용하고 다독일 수 있기를…….

(2005년 4월 7일)

아버지의 등

정철훈

만취한 아버지가 자정 너머
휘적휘적 들어서던 소리
마루 바닥에 쿵, 하고
고목 쓰러지던 소리

숨을 죽이다
한참만에 나가 보았다.
거기 세상을 등지듯 모로 눕힌

아버지의 검은 등짝
아버지는 왜 모든 꿈을 꺼버렸을까

사람은 어디서 와서 어디로 가는지
검은 등짝은 말이 없고
삼십년이나 지난 어느 날
아버지처럼 휘적휘적 귀가한 나 또한
다 큰 자식들에게
내 서러운 등짝을 들키고 말았다

슬며시 홑청이불을 덮어주고 가는
딸년 땜에 일부러 코를 고는데
바로 그 손길로 내가 아버지를 묻고
나 또한 그렇게 묻힐 것이니

아버지가 내게 물려준 서러운 등짝
사람은 어디서 와서 어디로 가는지
검은 등짝은 말이 없다.

가슴이 뭉클해지는 '아버지의 등'은 얼어붙었던 가슴을 녹여줄 수 있는 시가 아닌가 싶다.

아버지~. 나의 아버지~. 난 아빠라고 부른다. 사랑하는 아빠. 아빠는 평소 술을 즐기신다.

아주 어렸을 적부터 술을 즐겨하시던 아빠는 늘 안 좋은 일이 생기실 때마다 혼자 부엌에 앉으셔서 큰 머그컵에 소주를 따라 안주 하나 없이 쓴 소주를 삼키셨다. 난 그런 아빠가 왜 그렇게 싫던지. 난 정말이지 술 마시는 사람 자체를 싫어했었다. 엄마는 늘 술을 즐겨하시는 아빠가 못마땅해 아빠와 다투시게 되고, 그로 인해 내 동생과 나는 부모님 눈치를 살피며 싸움이 더 커질세라 가슴을 졸였던 시간이 많았다. 물론 지금은 많이 그 횟수가 줄었지만 아빠는 여전히 소주를 벗 삼아 마음을 달래신다.

이제 성인이 된 나는 아빠의 아픔을 이해하면서도 굳이 속상할 때마다 가족들과의 대화보다는 아무 말 없는 소주로 삶의 지친 허기를 달래시는 아빠를 마주하게 되면, 이해는 하면서도 때로는 울컥하고 화부터 나기도 한다.

이 시에서처럼 자정너머 귀가해 마룻바닥에 쿵, 쓰러져 주무시는 아빠를 본 적이 있다. 어렸을 적에는 술 냄새가 싫어 아빠 곁에 가지도 않았는데, 이제는 그런 아빠를 마주할 때면 가슴이 아파 온다. 이젠 희끗희끗 흰머리를 보이는 아빠. 푸우~ 소리를 내시며 잠을 청하시는 아빠의 힘없는 숨소리, 축 늘어진 어깨를 보면 그토록 건강하시던 아빠의 체구가 이젠 작게만 느껴진다. 부쩍 야위어 가는 까칠한 아빠의 얼굴을 바라보고 있노라면 가슴이 아픈 것은 물론이고, 소리 없이 아빠의 뼈마디를 주무르게 된다.

아빠가 알고 계실지는 모르지만 이제는 술 취한 아빠의 모습에 대한 미움보다는 술 취한 아빠의 모습에 친근함과 애틋함이 밀려온다.

생각한다. '아빠의 두 어깨의 짐을 대신 짊어질 수 있다면, 아빠의 답답함을 내가 대신할 수 있다면' 하고 말이다.

아빠의 짐을 덜어주고 싶은데, 아빠가 내게 아빠의 짐을 조금이라도 덜어주신다면 내 가슴이 편할 수 있을 텐데. 그동안 그러했듯 앞으로도 속상하실 때마다 우리 가족보다는 술을 먼저 찾게 되실 것이 분명한 아빠란 걸 알기에 나의 무거운 맘은 쉽게 벗어나지 못한다.

대부분 딸이 있는 집에서는 아빠께 애교도 부리고 살갑게 아빠를 대하는데, 난 그것이 서툴러 아빠와 나 사이에는 어색함이 더 크다.

나이를 먹을수록 오히려 엄마와의 시간만 늘어갈 뿐 아빠와의 대화는 줄어질 뿐이다.

외로우실 것이라는 것을 알면서도 다른 집의 딸처럼 살갑게 애교 한 번 부리지 못한 내 자신이 바보 같고 그저 죄송할 뿐이다.

아빠들은 나이 들면서 소외감을 더 느끼게 되신다는데, 나는 아직도 아빠에게 그저 한없이 어린 철없는 딸일 뿐 아빠를 더 외롭게 만들어 가고 있는 것 같다.

아빠가 더 나이 드시기 전에 아빠와 시간도 많이 갖고자 한다. 그래서 항상 자랑스럽고 따뜻한 우리 아빠로 바라보고 싶다.

삶에 지쳐 힘없는 나무로 살아오셨을 아빠. 그 힘없는 나무가 나에게는 아낌없이 주셨다. 어제도, 오늘도, 앞으로도 그 나무는 내게 가장 필요하고 힘이 되어주는 나무이셨다. 나에게 모든 것을 아낌없이 주었던 나무에게 이제는 내가 벗이 되어주고, 사랑으로 보살피고, 이해하고, 지켜주고, 사랑할 것이다.

(2005년 12월 14일)

눈

올 들어 첨으로 눈다운 눈이 내렸다. 아직도 창 밖에는 폴폴 하얀 눈이 쌓이고 있다.

눈이란 사람의 마음을 한 순간에 따뜻하게 만들어 준다. 어린 아이처럼 설레고 들뜨게 한다.

그렇지만 우리 동네는 눈이 온 관계로 마을버스가 운행을 하지 않았다. 덕분인지 아침부터 눈길을 걸어오느라 발이 꽁꽁 얼어붙었다.

겨울이 좋은 이유는 눈이 있기 때문인데 가끔 눈이 무턱대고 많이 쏟아져버리면 우리 동네는 하얀 암흑이 되어버린다.

하얀 세상 속에 모든 교통수단은 단절되어버리고 어여쁜 작은 동화나라 속 궁전이 되어버린다.

어렸을 적 일이 생각난다.

혼자 남몰래 좋아하던 친구가 있었다. 눈이 와야 그 아이를 볼 수 있었다.

그 아이와 눈싸움이란 걸 해보기 위해, 아니 하기 위해 매년 겨울마다 하얀 눈을 기다렸다.

눈이 다 녹고 나면 또 내리기를 간절히 기도하고, 눈이 오면 또 그 아이를 보기 위해 장갑을 끼고 동네 어귀를 배회했었다. 때마침 눈싸움이 시작되면 신이 나게 그 아이가 던지는 눈뭉치를 맞으며 씩씩거렸다. 얼굴은 마냥 배시시 웃고 있으면서도 괜히 화가 난양. 지금 생각하면 참 귀여운 놀이였던 것 같다.

다시 눈이 소복이 쌓여도 그 아이와 눈싸움을 할 수는 없겠지만 이렇게 추억을 회상할 수 있다는 것만으로도 충분히 행복할 수 있다.

(2005년 1월 16일)

구몬학습에 미치다

무언가에 미칠 수 있다는 건 삶의 행운일지도 모른다.

살며, 사랑하며, 배우고 또 배우고 그것이 인생이었나 보다.

장미연 구몬학습에 미치다.

(2007년 12월 29일)

제7부

따뜻하고 달콤한 글귀

풍요로운 삶을 위한 다짐

모든 사람은 저마다의 가슴에 길 하나를 내고 있습니다.

그 길은 자기에게 주어진 길이 아니라 자기가 만드는 길입니다.

사시사철 꽃길을 걷는 사람이 있는가 하면, 평생 동안 투덜투덜 돌짝길을 걷는 사람이 있습니다.

나는 꽃길을 걷는 사람이 될 것입니다.

내게도 시련이 있을 수 있다는 생각으로 늘 준비하며 사는 사람이 되겠습니다.

시련이 오면 고통과 맞서 정면으로 통과하는 사람이 되겠습니다.

시련이 오면 고통을 받아들이고 조용히 반성하며 기다리는 사람이 되겠습니다.

시련이 오면 약한 모습 그대로 보이고도 부드럽게 일어나는 사람이 되겠습니다.

시련이 오면 고통을 통하여 마음에 자비와 사랑을 쌓는 사람이 되겠습니다.

시련이 오면 다른 사람에게 잘못한 점을 찾아 반성하는 사람이 되겠습니다.

시련이 오면 고통 가운데서도 마음의 문을 여는 사람이 되겠습니다.

시련이 지나간 뒤 고통의 시간을 감사로 되새기는 사람이 되겠습니다.

산다는 것은 신나는 일입니다.

남을 위해 산다는 것은 더욱 신나는 일입니다.

남을 위해 사는 방법 가운데 내 삶을 나눔으로써 다른 사람에게 용기와 지혜를 주는 방법이 있습니다.

어느 한 가지 기쁨과 안타까움이 다른 이에게는 더할 수 없는 깨달음이 되어 삶을 풍요롭게 하기도 합니다.

동행의 기쁨, 끝없는 사랑, 이해와 성숙, 인내와 기다림은 행복입니다.

사랑하고 용서하는 일이 얼마나 좋은 일인지 나는 분명히 느낄 것입니다.

— 2004년 12월 18일 〈좋은생각〉 중에서

우리 행복한 돼지

오늘은 저녁에 아무것도 먹지 말기를

아무도 미워하지 말기를

행복한 돼지의 큰 장점이자 내가 사랑하는 이유가

미움이 없기 때문이기에

제발 살 좀 빠지기를

한순간이라도 맘 놓고 먹을 수 있게

미인은 잠꾸러기란 말을 믿지 말기를

팔은 휘청이며 걸어 다녀도

다른 사람 말에 맘이 휘청이지 않기를

그리고

가장 바라는 것은

세상에서 제일 행복하기를

— 2000년, 의정부전화국에서 가장 좋아했던 김현숙 언니가
수기로 써준 쪽지 일부 발췌

성공 습관으로 사는 원리

맥스웰 몰츠는 22일이면 새로운 습관을 형성할 수 있다고 말했다.

22가지의 행동지침을 따라 매일 되풀이하거나 그 중 몇 가지만이라도 나의 삶의 철학으로 삼아 반복한다면 성공 습관으로 가득 찬 자신을 발견하게 될 것이다.

1. 머리를 써서 살아라.

〈MBC-TV〉 차인표 주인공의 현대 정주영 회장 일화를 다룬 드라마에서 "빈대도 머리를 쓰며 사는데……" 하며 하는 걸 보며 내게 또 다른 깨달음을 주었다.

2. 시작보다는 마무리를 잘하라.

"사람은 어떻게 시작하는가"로 평가되지 않고 '어떻게 끝을 내는 가'로 평가된다는 말을 기억해라. 시작은 누구나 잘할 수 있다는 뜻이다.

3. 미리 준비하는 습관을 갖자.

"기회는 준비하는 자에게 찾아온다"는 루이 파스퇴르의 명언을 되새겨보자. 준비된 하루를 맞이하자.

4. 실패하더라도 실망하지 않는다.

기회를 얻지 못했다는 것은 아직 그만큼 기회가 있다는 말이다. 봄이 가면 여름이 오고, 가을이 가면 겨울이 오는 것처럼 인생에도 사계절이 있다. 과거는 지울 수 없지만 인생은 반드시 새로 시작할 수 있다.

5. 마지막 날이라 생각하고 일하라.

현자가 충고했다. "하나님을 위해 죽기 전날까지 살아라." 그러자, 이런 항의의 목소리가 들려왔다. "그걸 어떻게 알아요. 우리가 언제 죽을지도 모르는데." 이 말을 들은 현자는 이렇게 말했다. "하루, 하루를 죽기 전날처럼 살아라. 그럼 간단해."

6. 사고의 전환이 필요하다.

사람들의 고개는 좌우로 180도밖에 돌지 않는다. 그러나 인간의 사고는 360도 한 바퀴를 돌릴 수 있다. 이렇듯 사고를 바꾸면 세상이 달리 보인다.

7. 한 가지 이상의 외국어를 마스터하라.

IOC 부회장인 김운용 위원이 구사하는 언어는 총 6개 국어이다. 그 중 러시아어는 88올림픽을 준비하면서 예순이 넘은 나이에 배운 것이다. 국제화시대의 무기는 외국어임을 깨닫고 학창 시절부터 열성으로 공부한 영어, 불어, 스페인어, 독어, 일어 등은 오늘날 그가 세계적인 스포츠 외교관이 되는 데 일등공신이 되었다.

8. NATO를 버려라.

불행한 사람들은 항상 NATO(No Action Talking Only)로 살아간다. 성공한 사람들은 말보다 행동이 앞선다. 따라서 강한 결심이란 지금 있는 이곳에서 변화시킬 수 있는 용기라는 것을 잊지 말아라.

9. 유머를 개발하라.

동료를 기분 좋게 웃길 수 있는 유머야말로 성공인의 필수요소다. 유머전략의 기본은 '수사반장'이다. 수사반장 - **수**집하라, **사**용하라, **반**응을 살피라, **장**기를 살려라. 이 정도면 당신도 유머의 대가가 될 수 있다.

10. 서비스 정신을 잊지 말라.

고객에게 편안하고 확실하게 서비스하면 당신의 일은 번창해진다.

11. 자신에게 성공한 사람이 되라.

상처 입은 사람들 주위에는 언제나 상처 입은 사람들로 가득하다. 실패한 사람들 곁에는 실패한 사람들만 득실거린다. 성공한 사람이 되려거든 자신에게 먼저 성공한 사람이 되라.

12. 자신의 일을 즐겨라.

언제나 해야 될 일을 찾지 말고, 하고 싶은 일을 해라. 하지만 이것도 기억하라. 성공의 비밀은 자신이 좋아하는 일을 하는 것이 아니라 자신이 하는 일을 좋아하는 것이다.

13. 사명선언서를 만들라.

IBM은 훈련과정 때마다 간부가 참석해서 그 회사가 추구하는 세 가지 사명을 말한다. 개인에 대한 존중, 탁월성 그리고 서비스이다. 이러한 원칙이 조직을 성공으로 이끈다. 나의 사명서는 무엇인가? 매일 아침 스스로에게 사명선언을 해보라.

14. 모든 삶이 배움의 현장이 되게 하라.

우주만물에는 신의 지문(指紋)이 있다. 나아가 "업은 아이에게도 배울 것이 있다"는 격언이 있다. 자연현상뿐만 아니라 삶의 현장을 살아있는 교과서로 삼아라.

15. 정보인맥을 구축하라.

'개미형'이 아니라 '거미형'으로 살아라. 산업사회에서는 근면과 성실을 상징하는 개미가 표준 인간형이었다. 그러나 정보사회에서는 거미가 모델이다. 곳곳에 정보의 그물을 쳐두고 여유있게 기다려라.

16. 아날로그가 아니라 디지털로 사고하라.

아날로그는 24시간을 나눠 8시간은 일하고, 8시간을 자고, 8시간은 쉰다. 하지만 디지털은 일하는 시간을 별로 중요하게 여기지 않는다. 24시간 연속으로 일할 수 있고 24시간 내내 잘 수도 있다. 생산성만 있으면 되는 것이다. 디지털의 실체는 유연함과 무정형에 있다.

17. 상처를 거부해라.

현명한 사람은 자기마음의 주인이 되고, 미련한 자는 그 노예가된다. 내가 나를 주장하는 것이야말로 성공의 지름길이다. 그러므로 이렇게 외쳐보라. "내가 허락하지 않는 한 나는 상처받지 않는다.

18. 일기를 써라.

또렷한 기억보다 희미한 기록이 낫다는 말이 있다. 하루를 돌아보는 일기야말로 내면세계의 질서를 찾아가는 자신만의 수업현장이다.

19. 성공의 주인공이 되라.

명성에 빛나는 지도자들의 행위를 자세히 검토하면 그들이 운명으로부터 받은 것이라곤 기회밖에 없었다는 것을 알게 될 것이다. 그리고 그 기회라는 것도 그들에게는 재료로 제공되었을 뿐이며, 그 재료조차도 그들은 자기네 생각에 따라 요리했던 것이다. 마키아벨리의 《군주론》에 나오는 말이다.

20. 결점에 매달리지 말라.

"신은 우리를 인간으로 만들기 위해 무엇인가 결점을 부여해 주었다." 셰익스피어가 '안토니오와 클레오파트라'에서 한 말이다. 결점에 매달리기보다 장점에 매달려라.

21. 가정을 소중히 하라.

부시 바버라 여사는 이렇게 말했다. "우리 사회의 성공 여부는 백악관이 아니라 여러분의 가정에 달려 있습니다." 억대 연봉자들의 첫 번째 성공 요인은 화목한 가정이었다. 가정생활을 우선으로 하라.

22. 사소한 일에 목숨을 걸지 말아라.

"마지막으로 실은 짚 한 오라기가 낙타 등을 부러뜨린다"는 말이 있다. 자신의 감정을 상하게 할 수 있는 사소한 것들을 흘려버리고 매달리지 말아라.

(2005년 5월)

어른들을 위한 동화 '우산'

나는 작고 예쁜 우산 속에 서 있었습니다.

곱게 움츠리고 살아가면 가녀린 어깨가 젖지 않는다는 것도 우산 속에서 배웠습니다.

우산 없이 빗속을 뛰어다니는 사람들을 보면 내가 가진 우산에 대한 고마움이 사무치곤 했지요.

사람을 들뜨게 하는 것은 가능성에 대한 희망이었으나, 우산속 안락에 젖어들 때면 빨려들 것 같은 빗물이 두려워 접었다 폈다 똑같은 행위만 반복하곤 했습니다.

인생은 그렇게 쓸쓸하고 더디었지요.

그러다 어느 날 우산을 던져버렸습니다.

아직은 젊은 나이, 십년 후에도 이 우산이 비를 막아줄 수 있을른지, 그 세월동안 누르고 살아가야 할 답답함이 오히려 막막하여서.

우산이 없으니 비 내리는 거리가 모두 내 것만 같습니다.

비를 맞고 뛰어가는 사람들이 웃는 것도 보입니다.

세상엔 갈 곳도, 배울 것도 너무나 많아 어디로 가야 할지 아직은 잘 모르겠습니다.

그래도 마음에 차오르는 행복감은 살아온 어떤 세월보다 뚜렷합니다.

- 동화작가 김계희의 '우산' 중에서

성공하는 한국인의 7가지 습관

1. 규칙적인 기상 : 하루의 시작을 알리는 기상

아침 시간을 얼마나 효율적으로 활용하느냐가 대단히 중요하다. 아침 30분을 확보하면 1년에 한 달의 여유시간을 버는 것으로, 이른 기상을 습관화하는 것이 성공의 출발점이다.

2. 플러스 사고 : 하루 삶의 원동력이 되는 명상

육체와 마찬가지로 정신도 단련하여 내면을 업그레이드시키는 노력이 필요하다. 특히 아침명상은 긍정적이고 적극적인 반응을 이끌어 내는 데 유용한 수단이다.

3. 시간 관리 : 인생을 계획하는 계기가 된 시간관리

10년 단위의 인생 로드맵과 같은 큰 그림을 먼저 그리고, 1년 단위, 월 단위, 주 단위 등 단기 계획을 작성하여 진행하되, 우선순위를 정해 처리한다.

4. 방대한 독서 : 고맙다는 말밖에 나오지 않는 방대한 독서

독서는 지적능력을 키우는 자양분이자 자기경영의 핵심습관이다. 하루 50페이지 이상을 꾸준히 읽어 독서를 습관화하도록 하자.

5. 꾸준한 운동 : 규칙적인 운동

매일 40분씩, 주 5일을 규칙적으로 운동하는 것이 중요하다. 아침보다 저녁운동이 효율적이며, 몸에 무리가 가지 않도록 쉬우면서도 꾸준히 해야 한다.

6. 성공 일기 : 나를 돌아보게 되는 일기

하루 일과를 마치고 자기성찰의 시간을 갖는다. 하루를 되돌아보며, 성공적으로 처리한 일을 세 개 또는 다섯 개 정도를 적어놓고 자신과 긍정적으로 대화하는 습관을 갖자.

7. 칭찬과 용서 : 칭찬과 용서로 더욱 강해지는 인맥

좋은 인간관계는 상대를 적극적으로 이해하는 데서 시작된다. 남의 잘못만을 들추지 말고 격려하고, 칭찬하고, 용서하는 것을 습관화하자.

— 2005년, 조신영 지음,《성공하는 한국인의 7가지 습관》중에서

짧은 글 긴 생각

삶의 지혜를 위한 명언들

• 내가 실패하지 않는 것은 실패가 없었다는 것이 아니라 실패할 때마다 다시 일어나기 때문이다.

• 진실한 용기란 모두가 포기할 때 다시 시작하는 것과 남들이 보고 있지 않아도 자기 맡은 것을 묵묵히 해내는 것이다.

• 구름은 태양을 가릴 수 있지만 없앨 수는 없다. 우리에게 있어서 최고의 영광이 있다면 한 번도 실패 안 했다는 것이 아니고 넘어질 때마다 일어나는 데 있다.

- 늦게 출발한 계획이라도 실시한다면 먼저 출발한 성실치 못한 계획보다 앞설 수 있다.

- 미끼를 알지 못하는 자는 미끼에 현혹되어 결국 죽게 되지만 미끼를 깨닫는 자는 미끼를 뿌리치고 물리치기 때문에 참 자유를 얻는다.

- 인간에게 가장 어리석은 것이 있는데, 그것은 아는 만큼 행동하지 않는 것이다. 이제 우리에게 남은 것은 이건 이렇고, 저건 저렇고 하는 쑥덕공론이 아니라, 이건 이렇게, 저건 저렇게 하는 행동뿐인 것이다.

- 지혜를 얻기 원한다면 진실을 사모해야 한다. 많이 배워야 진리를 알 수 있을 것 같지만 지혜는 진실에서 나오기 때문이다. 그것보다는 자신을 비울 때 진리는 더욱 선명하게 들려오는 것이다.

- 참된 자유인은 어떤 것이든지 노예가 되지 않으며 어떤 것이

든지 노예를 삼지 않는 것이다.

• 태어날 때는 혼자 울지만 모두가 웃고, 죽을 때는 혼자는 웃지만 모두가 우는 자가 승리한 자이다.

• 젊음은 나이가 아니라 태도다.

• 기회는 준비하는 자에게 찾아온다.

— 루이 파스퇴르

• 싫은 일이 있었을 때에도 '고맙다'고 생각하려고 합니다. 왜냐하면 나는 기본적으로 싫은 일이 있을 경우 그만큼 앞으로 분명히 좋은 일도 있을 것이라고 믿기 때문입니다.

— 나까지마 가오루의 《운명은 당신 결정을 기다리고 있다》 중에서

• 세월이 흐르면서 우리가 원하는 것을 손에 넣는 것보단 그것들이 사실은 그다지 필요하지 않는다는 것을 깨달을 때 우리는 진정한 부자가 된다.

— 《빵장수 야곱의 영혼의 양식》 중에서

• 무언가 삶의 변화를 원할 때 우리는 집 안에 쌓인 잡동사니부터 치우려고 합니다.

비워진 삶에라야 깨끗하고 새로운 생활이 들어섭니다.

그것이 어디 집과 같은 외형에만 한정된 것일까요.

내 집에 쌓인 먼지와 쓰레기는 내 마음에 쌓인 찌든 때와 같습니다.

깨끗하게 정돈된 집, 살아온 삶의 기억을 말끔히 비워낸 맑은 몸과 마음에 진정한 봄의 활기가 깃듭니다.

"청결함은 신성에 버금간다"는 말이 있습니다.

내 주변에 쌓인 쓰레기와 먼지가 내 마음에 찌든 때와 같으니 마음을 깨끗이 함은 곧 우주를 깨끗이 하는 것과 같습니다.

— 2005년 5월 〈좋은 생각〉 중에서

• 우리는 함께 살아야 한다. 말을 백 마리 가진 사람이라도 채찍 하나 때문에 다른 사람의 신세를 져야 할 때가 있다.

— 헬레나 노르베리 호지의 《오래된 미래》 중에서

• "모든 사람이 좋은 습관을 들이기 위해 하기 싫은 일을 하

루에 두 가지씩 해야 한다." 작은 일이 우리의 인격을 바꾸어 놓는다.

— 존 맥스웰 짐 도넌의 《영향력》 중에서

- 인간은 실수할 수 있다는 점에서 절망적이다. 그러나 인간은 그 실수를 인정하고 변화할 수 있다는 점에서 희망적이다.

— 만화 '왕따' 중에서

- 기회는 결코 방관자를 돕지 않는다. 기회는 스스로를 위하여 노력하며 성취를 위하여 갈구하는 자에게 접근하여 성공의 키스를 보내준다.

— 샤갈